Thomas Hardy

Selected Poems

哈代诗选

[英] 托马斯·哈代

刘新民 译

四川文艺出版社

图书在版编目（CIP）数据

哈代诗选／（英）托马斯·哈代著；刘新民译，—
成都：四川文艺出版社，2016.8（2021.10重印）
ISBN 978-7-5411-4394-6

Ⅰ.①哈… Ⅱ.①托…②刘… Ⅲ.①诗集－英国－
近代 Ⅳ.①I561.24

中国版本图书馆 CIP 数据核字（2016）第 169678 号

HA DAI SHI XUAN

哈代诗选

（英）托马斯·哈代　著　刘新民　译

策　　划　副本制作文学机构
出版统筹　冯俊华
责任编辑　周　轶
装帧设计　董　触　黄　几
封面原画　黄　璟

出版发行　四川文艺出版社（成都市槐树街 2 号）
网　　址　www.scwys.com
电　　话　028-86259287（发行部）　　028-86259303（编辑部）
传　　真　028-86259306

邮购地址　成都市槐树街 2 号四川文艺出版社邮购部　610031
排　　版　四川胜翔数码印务设计有限公司
印　　刷　三河市嵩川印务有限公司
成品尺寸　140 mm×203 mm　1/32
印　　张　16.75　　　　　　　字　　数　335 千
版　　次　2018 年 1 月第一版　　印　　次　2021 年 10 月第三次印刷
书　　号　ISBN 978-7-5411-4394-6
定　　价　88.00 元

前　言

　　在英国文学史上，像托马斯·哈代这样在小说诗歌两个领域均创作出大量优秀甚至一流作品的文学巨匠，实在并不多见。哈代的小说，如《德伯家的苔丝》《无名的裘德》等，早成为公认的不朽名著；而他的诗歌，经过近一个世纪岁月的考验，也获定评。长期以来，由于哈代小说的巨大影响，他的诗名总为文名所掩。而今，经过几代人的反复品读、研究和评论，人们终于普遍认识到：哈代诗歌的成就，并不亚于他的小说。哈代作为诗人，与作为小说家一样伟大。他的诗歌和小说，犹如璀璨晶莹的连环双璧，同是世界文学宝库中魅力永存的瑰宝。

　　哈代是在 1895 年，其文名如日中天，小说创作正处于巅峰状态之时，毅然转向诗歌创作的。无论从哪方面说，做出这一抉择，都不是件容易的事。毕竟，英国具有悠久的诗歌传统，几百年中名家辈出，流派纷呈，好诗几近写尽，创新谈何容易。再则，哈代此前几乎没发表什么诗作，且已年近花甲，要在人生的晚年成就诗名，更是前无古人。然而，哈代仍选择了这条"荒草蔓生"、"人迹更少"的道路，并沿这条道路奋勇攀登，走向了自己事业的光辉顶点。

哈代做出了这一选择，并不是偶然的。舆论界的不公正批评，促使他做出反应，这只是表面现象。根本原因在于，哈代决心重新致力于他自幼喜爱的诗歌，以实现成为一名诗人的夙愿。事实上，哈代长达六十余年的文学生涯，始于诗也终于诗。诗歌是他的初恋，也是他"爱的归宿"。早在少年时代，哈代就曾一试诗笔。现存最早的少年习作，是他写于1856年（16岁）的《住宅》。这是首三十六行的无韵诗，模仿华兹华斯《序曲》的风格，描写家居附近的自然风光和清幽情趣。哈代正式开始诗歌创作，是在1865年。次年他曾将诗作投寄各大杂志，却均遭退稿。但哈代毫不气馁，继续系统强化地进行诗歌的"自我教育"。关于这段经历，他的第二位妻子弗罗伦斯·艾米莉·哈代在《哈代的早期生活》中这样记述："整个1866年和1867年的大部分时间，他仍不断写诗……他形成了一种奇特的观点：诗歌里集中了一切富于想象和感情的文学作品的精华，对于一个很少闲暇的人来说，专门阅读诗歌是接近文学源泉的最短捷径。而且事实上，差不多整整两年，他没有读过诗以外的任何散文作品，除了阅读报刊之外。"哈代当时的诗后来保存下来的，约有三四十篇，其中不乏佳作。如《偶然》《灰暗的色调》《她对他说》等等，足以显露青年哈代非凡的诗才。可惜编辑缺乏慧眼，致使哈代不得不在其后的二十余年里，将文学才华倾注在小说创作中。

1896年后，哈代专心致志从事诗歌创作。1898年第一部诗集《威塞克斯诗集》出版。此后三十年里，又先后有七部诗集问世，即《今昔诗集》（1901），《时光的笑柄》（1909），《命运的讽刺》（1914），《瞬间一瞥》（1917），《早年与晚期抒情诗》（1922），《人世杂览》（1925）和《冬日之言》（1928）。这八部诗集曾分别于1919、1923、1928和1932年四次汇集出版。其中1932年版的《托马斯·哈代诗集》收齐八种，共有诗九百一十八首，并在以后的近半个世纪中不断重印。1976年麦克米伦出版公司又推出了新版《托马斯·哈代诗全集》，收入了一些未发表过的作品，共九百四十七首。这部《诗全集》后又多次重印。此外，各种选本，如企鹅版、牛津版等也大量涌现。哈代诗集在世界范围内长期盛销不衰，足以说明哈代的诗魅力不减，影响日广，深受读者喜爱。此外，哈代还创作了一部规模宏大、气势磅礴的史诗剧《列王》（1904—1903）。这部以拿破仑战争为题材，描写"巨大的历史灾难或各民族之间的冲突"（《列王》序）的史诗剧，共分三卷，十九幕，一百三十场，既是一部以英国和整个欧洲社会的重大变革为背景的历史诗剧，也是一部富有深刻哲理的关于人类命运的悲剧史诗。《列王》问世后震动了英国文坛，受到欧美评论界的一致称颂，认为《列王》是哈代最伟大的作品，充分显示了哈代的才华，堪与弥尔顿的史诗《失乐园》和俄国文豪列夫·托尔斯泰的《战争与和平》媲美。

哈代年轻时的最大愿望，是当个卓越的诗人，写出能入选帕尔格雷夫的《英诗金库》那种优秀选本的诗篇。事实上，哈代诗歌的成就，远远超过了他青年时代的愿望。他的诗中，足有数百首可入选任何选本而毫不逊色。可以说，哈代自己的诗，就堪称英语诗歌中的一座金库。

哈代重拾诗笔走向诗坛，正值维多利亚时代末期。其时的英国诗歌已呈颓势。一度盛行的唯美主义，过于注重音律谐和词藻华丽，缺乏大气。哈代的出现，为诗坛注入了新鲜的空气，也使20世纪初的英诗别开生面，柳暗花明。哈代的诗题材广泛，思想深刻，内容充实；情真意切且朴实无华，充满强烈的个人抒情意味，又富有浓郁的乡土气息。他的诗歌形式看似传统，其实多有创新，不仅诗节和韵式变化无穷，诗歌语言也不落窠臼，极有特色。总之，哈代的诗处处表现出与他人迥然有别的境界与气象，显出了大家的风范。他上承浪漫主义名家及维多利亚时代的丁尼生、勃朗宁，又对20世纪诸多英美著名诗人产生了广泛影响，成为英国诗歌史上承前启后继往开来的伟大诗人。可以说，哈代晚年选择了诗歌，实在是英国诗坛的大幸。

哈代的诗既博得众多诗人、评论家的高度评价和赞赏，又能打动千千万万普通读者的心，其最根本原因在于诗中所饱含的真情。哈代一向认为：诗人的最终目的应该是用自己的心灵去触动人们的心灵。确实，从来没有哪位诗人曾像哈代这么多地展现自己的心灵，而正是由于展现这颗羞涩、苦恼、慷慨、慈悲的心，才使他的诗获得人们的喜爱。与他的小说相比，哈代在诗中表露了更多的个人经历和内心情感。而他极为丰富的情感世界又是全方位、完全真实毫无矫饰地祖露给读者的。这里有爱情、恋情、亲情、友情，对弱者的同情，甚至对众多动物以及花草树木的怜爱关切之情。难怪弗罗伦斯·艾米莉·哈代说："要知道哈代的一生，读他的一百行诗胜过读他的全部小说。"在他的诗中，我们可以听到他慈爱的祖母在那讲过去的事情（《我们认识的一个人》），见到小哈代在父亲的小提琴伴奏下旋舞，而母亲则坐在炉旁椅子上微笑（《不见自己》），以及他的妹妹玛丽在园子里种花，在烛光下唱歌（《莫莉去了》）。在他的诗中，响着已躺在教堂墓地中的唱诗班朋友们的话声，闪过一个个好友的身影，跳动着他那颗因好友相继去世而悲痛欲绝的心（《在阴郁中（一）》）。在他的诗中，饱含着对含辛茹苦蒙冤受屈的女性的深切同情，仿佛也回响着小说《德伯家的苔丝》卷首那句引自莎士比亚的题词和对资产阶级伪善道德的抗议（《苔丝的哀歌》《洗礼》《冒充的妻子》《一个将被绞死的女人的肖像》）。在他的诗中，还有着知更鸟、云雀、苍鹰、夜鹭、飞蛾、黄蜂、麻雀、刺猬、鸫鸟、鼯鹿、猫狗马牛等几十种动物，它们全都那么具有灵性、惹人爱怜。每一首都充满真情爱心，令人感动。

爱情诗在哈代的诗中占有相当的比重。哈代的爱情生活，与他的文学生涯一样丰富多彩，奇幻瑰丽。哈代是个性情中人，他对于自己曾经爱慕的女子，总能毫不隐讳直率坦诚地在诗中一吐情愫。如露易莎，利兹比·布朗，艾格妮丝，特里费娜，爱玛，亨尼卡夫人及弗罗伦斯·达格黛尔，都在他的诗中留下了动人形象。尤其是曾使哈代的感情生活不断泛起涟漪的特里费娜、亨尼卡夫人和弗罗伦斯，更仿佛是一个个向导，将我们带入诗人的内心，使我们看到了诗人丰富、细腻、复杂的情感世界，看到了一个有血有肉的活生生的哈代。这些诗篇不愧是哈代抒情诗交响乐中一曲曲迷人的乐章。

当然，"哈代全部诗作中最富个性色彩、最真挚动人、最朴质纯洁"的 [1]，是悼念他第一位妻子爱玛的近百首诗作。哈代是在1870年去康沃尔的圣·朱里昂时，与爱玛邂逅相爱的。他们结婚二十余年后感情一度疏远。可1912年11月27日爱玛猝然去世，使哈代深感悲痛。1913年3月他拖着已逾古稀之年的孱弱之躯，独自重访康沃尔等旧地，完成了《1912—1913年组诗：旧日情火的余烬》，共二十一首。随后，在近两年时间里又写了数十首悼念爱玛的诗篇。这些诗历来受到评论界的极高评价，被认为不仅是哈代最好的作品，也是英语爱情诗中的精粹，"是一首完整统一的记录心灵历程的悲歌"，而且是"英语语言中最为感人的悲歌"。[2]我们从中可以清楚地听到哈代的声音，深切感受哈代的心境。这些诗不仅感情真挚，写法也极朴实，毫无艳词浮字；且都是触景生情，睹物思人之作，将今日情与四十余年之景交织，令一时与永恒融合（《在勃特雷尔城堡》《比尼悬崖》等），遂使诗中情意，绵绵无绝期。因此，哈代的爱情诗，与历来的情诗及一般浪漫派诗人的作品不同。后者多为年轻人所作，其特点为"热"，热烈奔放，激情洋溢；而哈代年逾古稀，可谓"曾经沧海"，其情诗特点在于"深"，深沉真切，刻骨铭心。这些诗的境界，或许只有弥尔顿的《梦亡妻》，苏轼的《江城子》（"十年生死两茫茫"）和陆游的《钗头凤》及《沈园二首》差可比拟。更为可贵的是，哈代的爱玛组诗中常常含有深深的悔恨自责，爱的柔情、丧妻的悲痛与深切的忏悔自责交织在一起，使这些诗的情感更真实、真切、真挚，因而格外动人。

哈代的诗歌之所以魅力长存，不仅因其情真，还在于诗中蕴含的"理"，即深刻的思想内涵。哈代是在创作了大量优秀小说后走向诗坛的。他因小说中表露的思想而遭攻击，便转而采用诗的形式。正如他 1896 年 10 月所写："也许在诗歌里我可以针对顽固的消极观念，更为充分地表达自己的思想和情感……。如果伽利略是在诗里宣布地球自转的学说，宗教裁判所可能就不会纠缠他。"[3] 因而，哈代的诗绝少无病呻吟空泛肤浅之作。无论抒情叙事写景，大都寓有深意，蕴含哲理。而一些表达对宗教、上帝、社会、命运见解的诗中，更是通过不同形象直接说理，充满对宇宙、历史、人生的深入思考。如那些表现对宗教和上帝信仰幻灭的诗篇：《健忘的上帝》《对上帝的教育》《上帝的葬礼》《造物主哀叹》和《神迹探索者》，仅从诗题便可看出诗人对宗教和上帝的质疑，和对人类命运的思索。在《对人的悲叹》一诗中，哈代更提出人类不该对上帝抱有幻想，而应依靠自己的智慧、善良和互助来改变命运。哈代另一类诗则写人生虐谑、世道混乱、命运悲惨、人性丑恶，哀叹人类知识日增而智慧日损，担心黑暗时代再度降临，表现了诗人对人类命运的终极关怀，如《部下》《在阴郁中》《未出生者》《致月亮》及《命运的讽刺组诗》等等。哈代因此也常被批评为悲观主义。对此，哈代特为1922年出版的《早年与晚期抒情诗》写了篇题为《辩解》的序，还在文中引用了二十多年前的《在阴郁中》的诗句："要使生活更美好，就得正视丑恶的现实"。他这样写道："其实，所谓悲观主义实际上只是对现实的探索，只是为了改善人们身心的第一步。……要逐步认识现实，不加掩饰，同时着眼于争取最好的结果；简言之，即以进化向善论的思想作引导。"这正如徐志摩所说的，"哈代的所谓悲观，正是他思想上的真实和勇敢"，哈代的一生表现了"为人类寻求一条出路的决心"。[4]

由于思想认识的局限，哈代在摒弃对上帝的信仰后，接受了叔本华、哈特曼的哲学思想，认为宇宙中存在一种超自然的力量，哈代将其称之为"内在意志力"。正是这种"冥冥中的主宰力量"决定了历史的进程、命运的变迁、人生的祸福等等。哈代在史诗剧《列王》中详尽阐发了这一哲学思想。在他的反映泰坦尼克号失事的《会合》及《偶然》《自然界的询问》《窘遇》等许多诗中，哈代也以此来解释人生命运的无常。但哈代自己也意识到"内在意志力论"的缺陷，认为人类最终能战胜"内在意志力"，成为自己命运的主人。正如《列王》序幕中的怜悯精灵所预言的："我们将造就良善的一代新人，/富有同情和怜悯，/一代热爱真善美的人，把他们每日的行为变成一曲美妙的歌。"而人类借以取胜的武器则是善良与博爱。

哈代诗中蕴含的"理"，可以归结为向善和博爱。这在他的战争诗中也表达得十分清楚。哈代的反战名诗如《他杀的那个人》《写在"万国破裂"时》《离别》《战时除夕夜》等，都寓有此意。这些诗语言极平易朴实，内涵却发人深省，甚至震撼人心。尤其是《写在"万国破裂"时》，只不过几个最古老最普通的乡村生活的形象：老马耕地，茅根起火，青年恋爱，而王朝更迭，世事沧桑，战争灾难，尽在其中，几乎可概括人类历史。哈代的许多诗都有这样的优点：勾勒出形象而不点破主题，留给读者广大的遐想空间，因而回味无穷，十分耐读。

哈代能在名家林立的英国诗史上异峰突起，自成大家，另一重大原因在于他的诗艺上既继承传统，又不断创新。哈代是个不知疲倦的诗艺革新家。他从不追求时尚，也不固步自封。因此他的诗，无论结构、体裁、韵律、韵式、语言表现形式等等，都形成了自己独树一帜的风格特色。

首先，哈代的诗大多具有叙事性，通过高度浓缩的戏剧场面来表现主题。正如评论家利顿·斯特雷奇所说："他的诗歌的独特之处在于诗里随处可见一个小说艺术大师的痕迹。……在他的诗里，回响着《无名的裘德》的作者的声音，但带着诗歌的更加集中、更加强烈、更加微妙的艺术魅力。"[5] 这些特点在《命运的讽刺组诗》里表现得十分鲜明。即便是写爱玛的近百首悼亡诗，也不是纯粹抒情，而大多有场景、人物、动作，具有相当的叙事成分。而在一些歌谣体叙事诗或有关上帝的幻想诗中，甚至往往以对话构成诗的主体，表现人物的思想性格，或讥讽上帝的无能无情。显然，哈代借鉴了勃朗宁的戏剧独白手法，又糅进自己小说创作的技巧，使其诗中的人、事、情、景融为一体，从而既有可读性，更具感染力。

　　其次，哈代的诗，在诗体、韵律、韵式诸多方面，都自成特色，独具魅力。哈代写诗，似乎并不喜欢格律太严的诗体。他往往会根据诗歌内容的需要，随心所欲设计自己喜爱的诗体，而不拘泥于传统格局。在这一点上，简直没有哪一位诗人，能像哈代这样自由洒脱，不拘一格。试读他那最负盛名的《1912—1913年组诗》，便可略见一斑。组诗共二十一首，每首的结构都不一样，真可谓诗无定格，随情赋形，犹如行云流水，行于当行，止于当止。然而，诗格虽极富变化，每首诗内却又变化有序，相当整齐。哈代早年曾学习从事建筑业，他以建筑师的眼光和技巧，安排诗的结构，因此他的大多数诗，都呈现一种错落有致、整齐匀称的建筑美。哈代又自小喜欢音乐，爱好新颖奇特的节奏和旋律。这种爱好运用于诗，使他的诗在韵律、音步、韵式上繁复多变，很有音乐美。而这种形美和音美又与诗的内容情感十分吻合。如《未致命的疾病》，长短诗行形成鲜明对照，烘托出生死搏斗的紧张气氛。而《不用为我遗憾》《以往走的路》等诗，每节结构形同一座坟冢，造成与意义相关的视觉形象，从而给读者以语义联想和情感冲击。此外，如他的名篇《黑暗中的画眉》《身后》《呼唤》等，韵律既美又切合诗情。因此，可以说，哈代的诗不仅形式与内容高度一致，又表现出意美

（"情""理"两方面）、音美和形美。

第三，哈代的诗歌语言，也是新鲜生动五彩缤纷。与他的"人物性格与环境"类小说侧重描写多塞特郡（即"威塞克斯"地区）的风土人情一样，他的许多诗也运用了该地区的不少方言词汇，有着浓重的地域特色，如《堕落的姑娘》《回家》《一个荡妇的悲剧》等等。此外，哈代常常会根据诗歌内容的需要，创造性地运用词汇。有时他会使用多音节词与单音节词搭配押尾韵，读来铿锵别致。有时在一首诗里，同时出现常用和生僻词语，看似粗糙，其实质朴。有时在诗中交替使用书面语和口语，甚至有意运用杜撰词、古旧词、复合词、生僻词等等，从而别寓深意，耐人寻味。总体上看，哈代的诗歌语言十分丰富，用词准确贴切，有的虽显得怪诞古奥，却不失美感新意，甚至使诗作不落俗套，具有现代感。可以说，无论小说还是诗歌中，哈代都显现出了语言大师的本色。

从情、理、艺三方面对哈代诗歌略作分析，我们不难看出，哈代的诗从根本上说来，体现了真善美的追求。"真善美就是我的全部的主题，/真善美化作各个不同的翰采。"[6]哈代的诗受到世界各国广大读者的喜爱，根本原因便在于此。

哈代的小说在我国早已拥有广大的读者。一些著名的作品，甚至有了多种重译本。而哈代诗歌的翻译介绍，相对较少。这对于全面认识评价哈代的文学成就，借鉴学习其作品丰富而精湛的思想和艺术，十分不利。本书正是为了弥补这一缺憾而勉力迻译的。译本主要依据英国麦克米伦公司 1985年出版的《托马斯·哈代诗全集》，还参考了牛津大学出版社和企鹅出版社的两种《哈代诗选》及其注释，以及其他的几种选本。在内容取舍上，兼顾各种题材，大凡有定评的名篇，尽量选入，而对"情"和"理"两类作品有所侧重，因此，将著名的《1912—1912 年组诗》和《命运的讥讽组诗》作了全译。除对不少诗作的背景予以注释外，还将哈代八部诗集作了概要介绍。关于翻译标准，译者掌握的原则是"信达雅兼顾，意音形并重"，以诗译诗，讲求神韵，尤重语言锤炼，遣词用字务求精当而不失诗味。此外，在韵律韵式上，除极个别地方为了不因韵害意，无法兼顾外，尽量依遵原诗。诗歌的顺序按《托马斯·哈代诗全集》中八部诗集的先后排列，有的诗写作时间与诗集的出版日期相距较远，则依照《诗全集》的资料，在诗后注明写作时间。

20 世纪初，无论中国还是英美等西方国家，诗歌的风格流派表现手法都在发生剧烈变革。庞德译的中国古诗选本《华夏集》，成了意象派的经典之作，随即现代派在西方风靡一时。胡适则受意象派影响，倡导了新诗革命，而后，新诗成了中国诗界的主流。在这种大背景下，哈代却既没有追逐时髦新奇，也没有一味固守传统，而是继承传统，有所创新，博采众长，为我所用，走出了自己的诗歌之路。而且，据一些学者认为："现代主义诗歌只是一种旁支，哈代才代表了英国诗歌的主流。"[7] 因此，不仅哈代的诗歌，如他的小说一样，很值得我们学习借鉴欣赏，便是他的创作道路，对于我们也应启示颇多。这个译本，倘能对读者认识哈代的成就，了解哈代的思想，欣赏哈代的作品有所帮助，译者将感到莫大的欣慰。

刘新民

2001 年 11 月 25 日于杭州商学院

1　《英国诗歌批评史》，赫伯特·格利森等著（英国人文出版社，1983 年）。
2　转引自《哈代研究》，吴笛著（浙江文艺出版社，1994 年）。
3　《哈代的晚年》第 57—58 页。
4　《托马斯·哈代》，徐志摩著，转引自《哈代精选集》（山东文艺出版社，1998 年）。
5　转引自《托马斯·哈代诗选》，蓝仁哲译序（四川文艺出版社，1987 年）。
6　莎士比亚十四行诗第 105 首。
7　《华兹华斯·济慈·哈代》，王佐良著（《读书》，1987 年第 2 期）。

目 录

命运的讽刺组诗

冬日之言

威塞克斯诗集

这是哈代的第一部诗集，出版于 1898 年。全书收诗五十一首，三分之一作于 19 世纪 60 年代，从 1870 年到 1890 年，即他从事小说创作的头二十年里，诗作很少，到 90 年代诗作又开始源源而出。这些诗中，只有四首曾发表过，两首刊于杂志，两首出现在哈代的散文作品中。

偶然

假如有复仇之神从天上喊我，
还大笑着说："你这遭罪的东西，
须知你的痛苦正是我的极乐，
你失去的爱正是我恨的盈利！"

那么我会强忍痛苦，直至死去，
在他不公正怒责下默默忍受；
并略感宽慰，写他比我更有力，
我受苦落泪都归他执意判定。

可并非如此。为何欢乐遭杀戮？
播下的美好希望开不出花朵？
——飞来横祸遮挡了阳光雨露
时光抛掷骰子，以悲哀当欢乐……
这些半瞎的主宰，像播撒幸福
将痛苦随意撒在我的人生旅途。

1866

3

向逆境中的友人坦白

你的不幸依旧，但因我住得远，
不若住得近那么感受略同；
我甚至一笑，像往日那样淡然，
虽则是笑，却绝不是恶意嘲讽。

有个念头太怪异，难容我脑中，
但我觉察到它在周围萦回不散：
——我不想再热情地了解分担
你的不幸，给自己添上哀痛……

这念头如不祥鸟隐于溟蒙，
像海盗出没于大洋无法无天，
忠诚的心啊，竭力想驱逐尽
这久久盘桓的不体面闪念；
可是，老友啊，想到这闪念近乎本能，
即便已驱，怎不仍令我愧疚万分！

1866

灰暗的色调

那个冬天我俩站在小池边，
太阳脸色苍白，像挨了上帝呵责，
枯干的草地上几片落叶泛灰色；
　　那是一棵白蜡树落下的叶片。

你双眼看着我，游移的眼神
闪过多年前那些乏味的谜；
你我敷衍着言语，话不投机，
　　更减损我们已残的情。

你嘴角的微笑凛若冰霜，
那份活力足以了结一命，
一丝尖利的冷笑掠过你的唇
　　像一只不祥之鸟在飞翔……

这辛酸的一课：爱会背弃盟誓，
从此为我活画出你的面目，
画出上帝诅咒的太阳，一棵树，
　　和灰色落叶镶边的一汪小池。

1867

她在他的葬礼上

他们把他抬往安息之地——
长长的队列缓缓行进；
我如陌生人保持着距离，
他们是亲属，我只是情人。

我没有换下艳丽的外衣，
他们的丧服却一片黑色；
可他们站着，目光毫不悲戚，
而烧灼我的是憾恨之火！

1871

她姓名的首字母

在一部诗集的书页上，
我以首字母写下她的芳名；
似乎她流光溢彩的思想，
引发了诗人的灵感激情。
——而今当我翻开同一作品，
诗篇依然闪烁不灭的光辉，
可她那字母缩写的姓名，
光彩却早已黯淡消退！

1869

她对他说（Ⅰ）

当你看到我因岁月频催，
容貌已不再受众人赞赏，
眼睛早失却当年的光辉，
名字唤不起美少女的联想；

当情感让位于理智判断，
尽管这过程你几乎未觉察，
你仍怀念我往日的娇艳，
恼恨它如今已如凋残之花：

想到这红颜衰非我之咎，
是时光滋养韶华又加摧残，
知道我心不变痴情依旧——
宁愿死以免你蒙受病患！——
你能否念旧情伸友谊之手
扶我下人生的迟暮之山？

1866

她对他说（Ⅰ）

或许多年后当我已去世，
某人的形、神、口音酷似我，
使你想起我常说的话语，
回忆你当年爱情的衰落。

你会稍停，忖道，"可怜的人儿！"
发声叹息——作为丰厚报偿，
而非偿还债务的一点儿
给一位全身心献出的姑娘——

如此回想，你永不会了解
区区两词表示的略略思忖，
于我绝不是倏忽的幻觉，
而是我挨过的整个人生；
在它断续的假面舞会中
我只似你生活里转念一瞬！

1866

她对他说（Ⅲ）

我将忠贞不渝，直至永远！
死神选择我时会显得吃惊，
自从上次别离，它尚未分辨
确定该哪位做它的牺牲！

对亲戚朋友，及此地殷勤
相待的男子我毫不在意，
同那些因享有美满婚姻
而幸福的同时代人相比，

我麻木犹如锈轴的风向标，
锈蚀前执着地与风亲吻，
却偏遭世人鄙薄，他们抛
旧情于脑后，一味享受今生。

我昔日的魅力机敏早不复存，
已没有什么可供爱作为依凭。

1866

她对他说（Ⅳ）

这绯闻令我失尽仁慈之心，
我只能诅咒她，祈求她死，
只因她居然与你彼此有情——
那颗心唯有我曾给予慰藉！

我的爱有多深，此生不得知，
否则我会格外加倍地爱你，
我只知此身早与你融为一体，
别离反使两心相融如醉如痴。

因之我对你的一切无不知悉，
对于她虽常凝视却依然见外，
你怎能因我妒忌而生恶意，
对我百般珍爱之物不理不睬？
相信我吧，昔日情人，爱之怄气
越是自私狡黠便越加可爱。

1866

神迹探索者 [1]

我留意那些干燥湿润的月份，
　　千变万化多姿多彩的中午；
　　我观察暝色渐浓的薄暮，
聆听单调的钟点当当当兀自发声。

我看到傍晚山火因酷热而起，
　　晨间遇大雨嘶嘶作声；
　　夏日久旱后有浓雾生成，
茫茫一片惨白严严笼罩大地。

我见过闪电如剑，流星似雨，
　　风暴中大海如满锅沸水，
　　触到过地震伸起的手臂，
还曾在高高雪峰深深地火中来去。

我能预测未来的日食月食，
　　沿椭圆轨道天体的运行；
　　测算出天空吸收的灰尘，
太阳的重量，及每颗行星倾斜的时日。

我目睹人类扰扰攘攘努力；
　　不断地集合，行动，又分散；
　　死神魔爪骤伸，平添磨难；
——这无尽艰辛构成活生生人世。

但我宁知如何避开自己的观感——
　　那些古代先知所说的神迹，
　　正如他们的疏忽惠赐，神迹这词
圆满地消除了许久以来我心头的悬念。

他灰白的遗骸躺在翠绿的墓穴里；
　　当瞥见前辈或朋友的幽灵，
　　脸含微笑，轻轻吐出一声：
"并非末日降临！"那便是福佑的启迪。

或者，梦中显现出死去的情人——
　　当毁灭之王的夜半小鬼
　　诡秘地挖土以让我回归，
唇上会留痕，以证其灵之吻为真；

或者，当弱者受强者欺凌而躺着流血，
　　若有某些记载，如书写的文字
　　经由沉闷乏味的地方迁移，

落下一片纸页，证实苍天已记下其罪孽。

——有些人痴迷得神情恍惚，

　　宣称曾感受和见过这些神迹，

　　他们读着五花八门的建议，

试图在尸骨成灰后还能将心灵恢复。

如此机会却未赐予如我这样的人……

　　我曾卧于死者灵床，在一座座

　　生前与我交谈过的人的墓前走过，

祈求许多已故的好人显灵

并渴盼有所回复。但毫无反应，

　　既没有隐隐警示，也没有悄悄低语

　　以拓宽丰富我的视野见识，

唯有无知在默默沉思：人一旦死去，就不再生存。

1　　1890 年 1 月 29 日哈代在日记中写道："我寻觅上帝至今已有五十载。如果真有上帝存在，我早就该找到他了。"这首诗记录了哈代寻觅上帝的神迹，却始终未能如愿，终于不再抱有幻想。

她的永生

中午我穿行在辽阔草原，
　　去寻访旧日游踪，
我曾在那儿最后看见
　　恋人生前的笑容。

我满怀着悲伤躺下，
　　在这发烫的草地，
我感觉似乎我的身体
　　正压着她的足迹。

我躺在那儿，正神思恍惚，
　　她来到我的身旁，——
她眼中闪烁神奇的光彩
　　完全跟当年一样。

她说："你只一招，我就来
　　见我忠诚的恋人，"
她的声音如同嫁人以前
　　一样的脉脉含情。

"我死后转眼已是七年，
　　如今谁还把我记起？
我丈夫抱着另一位新娘，
　　儿女的爱被她占据。

"我的兄弟姐妹，我的朋友
　　谁曾前来慰我孤魂？
唯有在我逝去之后，
　　方知谁最恩重情深。"

我说："人间的日子孤苦难挨，
　　真想长偎你的笑颜，
今夜愿借助弹丸刀刃
　　从此与你永远相伴。"

她娇柔的双唇一阵战栗，
　　急急劝阻发悲声：
"朋友啊，这不行！"她喊道，
　　"我只不过是个阴魂！

"魂只在永不相忘者心中
　　方能获得她的永生，
你活着方能使我存活，

你死便害了我的性命。

"我仅剩的力量全有赖你
　　得以在此甜蜜延续。
我指望在未来的漫长岁月
　　你的忠诚始终不渝。"

——她的表白出乎我的意外，
　　她的悲苦令我战栗，
我驱除近日对生活的厌恶，
　　而对苦难甘之如饴。

"我不会死，我唯一的恋人！
　　为了延长你的时限，
我将避免人生路上种种不测
　　防备最细微的危险！"

她微笑着离去。从此每逢
　　时令更替周年纪念，
或当她生日之夜明月初上，
　　她便常来与我相见；

可我忧伤日增。她全赖我生存，
　　一旦我大限到来，

她的魂也就租赁到期
从此将不复存在！

另一个世界的朋友们 [1]

威廉·杜伊，车夫鲁本，不久前还耕地的农民莱德利，
　　罗伯特，约翰，奈德等人的亲属，
及那位乡绅和贵妇苏珊，如今都已躺在梅尔斯托克墓地！[2]

"去了，"我想他们永远去了，这批当地的优秀人物，
　　然而在飞蛾成群的夜半时刻，
当白天的热气缓缓散发，便将他们带出了高墙小路。

他们对我——这位滞留人间的昔日伙伴——轻轻诉说，
　　压低的声音，那么细微悄然，
如拱道里一丝声音轻漾，孤寂洞穴里水珠滴落：

"我们凯旋了。这一成功已化砒霜为解毒药丸，
　　将失败挫折转化为胜利，
使无数忧思重重的夜晚成了无忧无虑的明天。

"我们不再需要吃饭穿衣，不再感到尘世的压力，
　　冷冷的贬损不再惹起叹息懊丧，
我们甚至不再畏惧死亡：死亡使我们万事大吉。"

威廉：——"我那把珍贵的低音提琴，你若焚毁也无妨，"

　　乡绅：——"你可以占有我的豪宅公馆，
淡化孩子对我的记忆，甚至娶去我的遗孀。"

苏珊：——"你可享用我的锦缎、饰带，取走钥匙打开
　　每个房间，
　　细细搜索那些箱柜、书桌、梳妆台，
盘点藏在那儿的少许财宝，细读我保存的信件。"

农民：——"你可卖掉我心爱的小牛，任地头长满田芥菜，
　　弄脏我的谷仓，不再节俭。"

农妻：——"要是摔破了我宝贝的蓝瓷碗，孩子，我不
　　会责怪。"

众人："我们不再关切什么消息，人们的命运如何改变，
　　你们每天在干些什么事；
谁家娶亲，添丁，离异；或你们的生活节奏是快是慢。

"我们根本不想打听，你们领会还是曲解我们的意思，
　　你们是否依我们的旧曲歌唱，
城市的舞台是否热闹，远处坝下流水是否奔腾湍急。"

——这样，他们真已具备神的素质，抛开了先前的烦恼

忧伤，

———在生前，那些曾获上帝允许。———

（嘿，没人计较），没把月下的一切事情放在心上。

威廉·杜伊、车夫鲁本，不久前还耕田的农民莱德利，

    罗伯特、约翰和奈德等人的亲属，

及那位乡绅和贵妇苏珊，现正轻轻对我絮语。

---

1   哈代曾亲自选定九首诗，赠送给位于温莎城堡的皇家玩具屋图书馆。本
    诗为其中之一。收入本书的另六首是：《希望之歌》《黑暗中的画眉》
    《让我享受尘世之乐》《当我动身去里昂乃斯》《牛群》和《写在"万国
    破裂"时》。未选译的两首是为悼念维多利亚女王而写的《追思》，及
    位于第一部诗集卷首的《万物皆如过眼云烟》。

2   本诗场景为哈代家乡的斯丁福特教堂墓地。诗中人物是梅尔斯托克唱诗
    班的成员，都是哈代熟悉的朋友。哈代还曾将他们写入其他作品，如威
    廉·杜伊，曾出现在《绿树荫下》《德伯家的苔丝》（第十七章），车夫
    鲁本和农民莱德利在《绿树荫下》，贵妇苏珊在诗歌《贵妇人的生活》
    中，苏珊的故事在哈代传记中曾多次提到。见《哈代的早期生活》第
    11—12 页，第 213—214 页；《哈代的晚年》第 12—13 页。

怀念费娜 [1]

我不曾收到她一行文字，
　　未获得她一丝秀发，
全然不知她作为校长的近况，由此
　　无从将她揣想描画；
我徒劳地发挥想象，
　　追念失去的珍品；
我知道，那时她的梦境都流彩溢光，
　　她的眼中始终笑意盈盈。

她最后的日子是怎样的境遇，
　　悲苦、辉煌或凄凉？
她的才华和善良可曾给人生之旅
　　撒落些金光？
　　或许生命之光逐年黯淡，
　　厄运的魔掌紧紧
攫住她的太阳，凶兆、恐惧、不安、悔憾
　　损蚀了她的心灵？

于是我确实在心中留住

　　她少女时代的倩影，

并视若圣物；但或许我心中她的妙处，

　　比这更丰满完整；

　　我不曾收到她一行文字，

　　　未获得她一丝秀发；

全然不知她作为校长的近况，由此

　　无从将她揣想描画。

　　　　　　　　1890. 3

<hr />

1　　据哈代 1890 年 3 月 5 日日记所载："在去伦敦的火车上，写下此诗的前
　　四或六行。这真是心灵感应的奇怪事例。我怀念的女人——我的一个表
　　妹——当时已奄奄一息，而我根本就不知道。六天后她就去世了。这首
　　诗其余的部分是随后写的。"这是哈代唯一一首直接写出特里费娜名字
　　的诗。

在林中 [1]

参阅《林地居民》

苍白的山毛榉和忧郁的松树
　　扎根在同一片土地，
为何就无法枝叶相依相扶，
　　共度你们的日子？
当雨水纷纷掠过树叶，
为何要损害美好的情谊，
而以一滴又一滴毒液
　　去摧残邻近的嫩枝？

灵魂跛足，心儿残损，
　　在城市深感窘迫，
我来到这一片森林，
　　如回到舒适的窝；
梦想着林中的平和安宁，
能提供舒适恬静，
大自然令人轻松宽心，
　　将世上的烦恼摆脱。

然而，当我进入林中，
　　却发现大小草木
与人类几乎相同——
　　都在拼命互相角逐！
悬铃木对栎树硬撞蛮挤，
爬藤将幼树束缚奴役，
常春藤缠绕得几乎窒息
　　高大粗壮的榆树。

啊，无毛榆，桉树的触碰，
　　犹如欺辱戳疼了你
还有你，勇敢的冬青
　　也痉挛着侧身避开荆棘。
甚至枝叶繁茂的白杨，
也厌恶对手那副得意相，
要是在角逐中输给对方，
　　便在忧郁绝望中衰败腐蚀。

既然在林中我没发现
　　可资教诲的树的美德，
我便回到自己的同类之间，
　　他们比之也并不逊色。
这里至少到处可见笑容，
这里充满了柔柔话声，

这里不时可发现人们

忠于他们的生活。

1887—1896

这首诗始作于1887年，同年哈代的长篇小说《林地居民》出版。小说
中与本诗内容最接近的篇章在第七章，可参阅。

自然界的询问

当我注视眼前的晨光、小池
　　田野、羊群和孤独的树，
　　它们似乎都在朝我注目，
像挨了罚的孩童默默坐在学校里；

他们一脸呆滞、困倦、拘谨，
　　仿佛校长粗暴的作风，
　　在日复一日的上课中
吓坏了他们，使他们昔日的兴趣荡然无存。

他们只轻轻翕动嘴唇
　　（仿佛曾清楚地召唤，
　　现在却几乎不再轻叹）：
"我们很想知道，自己怎会在此栖身！

"莫非是种'无比的愚蠢'
　　有力量创造融合繁殖
　　却不能护理照料抚育，
嬉笑中将我们生成，现又任其自灭自生？

"或因我们是大自然所生，

　　　　它不了解我们的苦痛，

　　　　　或因我们是上帝的替身，

　　苟延弥留于下界，没了脑袋和眼睛？

　　"或因重大计划付诸实施，[1]

　　　　该计划尚无人懂得，

　　　　　这便是善会猛攻恶，

　　成功跨越我辈无望之人大步前去？"

　　周围情形如此。作答我却无词……

　　　　与此同时，狂风和暴雨

　　　　　大地自古的悲痛忧郁

　　却一如既往，生与死近在咫尺。

1　　哈代在诗中常用"计划"（Plan）一词，指"操纵万物的意志力"，即决
　　定人命运的"冥冥中的主宰力量"。可参阅《会合》（180 页）《在说出
　　"再见"的时候》（301 页）等诗。

浑无感觉 [1]

在一次大教堂礼拜时

这群人虔诚而又欢畅，
　　我不是其中一员；
我的同伴们所持的信仰
　　我看来却如梦幻，
他们蜃景般的乐土闪闪亮，
　　其实只是命运荒诞。

为何我的灵魂总是彷徨
　　在不该陷入的参然，
为何我的教友所见的景象，
　　我却总视而不见，
为何他们的欢快我难分享，
　　这依然如谜一般。

既然我的心难以领会
　　他们具有的舒坦，
既然旁人于此如鱼得水
　　我却无称心之感，

我的麻木或会激起他们同情
　　及基督徒的慈善！

我如远眺者将船只辨认，
　　见到返航的船员
正扬臂站立，而叫道："听啊，听！
　　远海的欢呼声震天！"
随即又叹："唉，原来竟是风声，
　　掠过幽暗的松林一片！"

但我会怀着适度的安宁，
　　来容忍我的缺点，
至于那赐福万物的责任，
　　我宁愿不予承担，
啊，鸟儿倘失去羽翼翅膀
　　跌落地面岂是自愿！

够了。忧虑不安至今仍围困
　　我们。我们行将长眠。

1　在哈代的手稿中，这首诗的标题起初为"不可知论者"。

在饭店里 [1]

当我们在饭店接受他们服务，
　作为一对陌生的顾客，
他们那神秘的微笑透露出
　对我们身份的猜测。
他们颇感兴趣，并且认为
　我们远不止是朋友——
以为我俩早已心领神会
　爱情的甜蜜享受。

正是这迅即的同情理解，
　伴随着活生生的爱，
才活跃生动了这世界，
　使天上也充满光彩，
并让他们做我们的仆从，
　还感动得直说：
"啊，上帝，看他们那么情深意浓，
　会令人整天快乐！"

于是我们被当作一对情人，

再没人前来惊扰；
可爱情之光却从来不曾
　　在我俩之间闪耀！
相反即便下午那气氛，
　　都让人感到了冷，
连玻璃窗上飞旋的苍蝇
　　也疲软得没了声音。

他们曾热情期待我们拥吻，
　　还以为此刻已进行，
谁知并未发生：在他控制的手心，
　　爱已消磨得麻木冰冷。
为何他要往我们之间
　　掷下不属我们的花束？
为何只为着他自己消遣
　　便胡乱将我们调排摆布？

但似乎那一天我们两人
　　相距并不遥远，
如今我们感觉已不存
　　任何痛苦或恩怨。
啊，截然分隔的海洋陆地，
　　啊，人类习俗的限定，
但愿去世之前，让我们再次

能如那天一般接近！

1　诗中提到的女人。可能是亨尼卡夫人。

女继承人与建筑师

致 A.W.布罗姆菲尔德 [1]

她找到事务所，将一位建筑师
叫到身边，因她打算造幢新房。
他擅长设计，又精通这一行，
无论造高楼广厦，都有一手绝技——
　　为她筹划正适宜。

　　"无论造什么，"
　　他就这样说，
显得敏锐自信，声音也清楚冷静，
"我们的设计，肯定审慎又经济，
任凭风气变，式样不会过时，
全合乎标准，永远坚固如磐石，
　　这些我保证。"

"给我造高高厅堂，"她说，"得有花窗，
桃尖拱顶内外通，当嫩芽花蕾绽开，
清香可闻，美色可见，嗡嗡蜜蜂飞进来，
还能听到鸟儿啭鸣，大海吟唱，

34

这些我最最向往。"

"真异想天开!"
他叫了起来,
此人向来不开窍,不懂得献殷勤,
"算了吧,什么鸟语花香,春风骀荡,
快抛开你那让一切挨冻的设想,
最好的选择是封闭的黑森森高墙,
　　因冬天多冷。"

"那就用亮亮的玻璃," 她说,"构建前壁,
让我可展示巧笑倩兮美目盼,
白天如太阳明媚,夜间比群星璀璨,
以致情敌们走过时不胜妒忌:
　　'哎呀,瞧她多得意!'"

"哼,妇人之见!"
他毫不婉转。
敏锐的目光已洞察她的烦乱,
"得意过后便腻烦,只盼躲藏回避,
此时但求无人窥见,又往何处去?
最好的房屋应当能遮隔又隐蔽,
　　因你会厌倦。"

"那就造个小房间，鸽子和天鹅
雕饰得多又多，有精奇罕见小物件
布置得热烈温馨，一如人间乐园，
我的情人在此恭候，只有情人和我，
　　当他知道这安乐窝。"

　　"这同样不祥，"
　　　他冷冷搭腔，
此人如阴影笼罩，将她的情绪支配，
"总会有一天，只要看见那爱巢一角，
就会让你痛苦得忍受不了，
娇娆的靓女早将他的心儿勾跑，
　　因你红颜褪。"

于是她低声叹道，"唉，那就一定构想——
塔楼式窄窄弯弯旋梯，直通小阁楼，
供我专用，我可在其中独自哀愁！
这么一点点建筑，请别再令我沮丧，
　　这是我最后的向往！"

　　"这弯弯旋梯，
　　　也不合时宜，"
此人说道，他的目光十分犀利，
"我的设计甚至得依规范而改，

须留出空间（既然人生多不测之灾），
好将装载遗体的灵柩抬下楼来，
　　因你会死去。"

1867. 8

1　　1862 至 1867 年，哈代曾在伦敦做建筑师亚瑟·布罗姆菲尔德的助手，在后者的绘图所工作。

对镜 [1]

当我对镜凝视，
见自己形容憔悴，
不禁叹息："愿上帝
让我心一样凋萎！"

那时，我就不再忧虑
人心的日渐冷漠，
我将等待永久的安息，
孤独而心境平和。

可叹时光令我悲，
让我身瘦而心依旧——
血涌犹如午潮水，
狂撼我这暮年衰朽。

1　1892 年 12 月，哈代曾在日记中写道："我看着镜中的自己，真为这副世
　　俗的皮囊羞愧伤感，父母再强健，对此也无能为力，这是个令人伤心的
　　事实……为什么人的灵魂总得与如此靠不住的肉身紧系在一起，这联系
　　又如此痛苦，伤感且莫名其妙！"可参阅《哈代的晚年》第 13—14 页。

今昔诗集

《今昔诗集》出版于 1901 年（虽然标的日期是 1902 年）。全书共九十九首诗，多为应景之作，有的写于 1887 年和 1897 年的欧洲之旅，或与历史事件如英布战争（1899—1902）和维多利亚女王之死（1901）有关。其中有十四首曾在期刊上发表过。全书分为"战争诗抄""朝圣集""杂集""模仿集"以及"追思集"五个部分。

离别 ¹

南安普敦码头，1899 年 10 月

当远去的离别乐曲渐渐不闻，
艘艘巨舰划破海浪驶向天边，
舰身渐小融进浅灰水天一线——
高耸的红色烟囱也难以辨认。

此时处处笼罩浓浓离愁别恨，
它将人们那缓慢沉重的脚步
点化成个个问题并不断反复：
"啊，好斗的条顿、斯拉夫、盖尔人，

"你们这种愤怒纷争何时才停？
难道非得牺牲生命若掌中玩物？
我们梦寐以求的明智的仁政
何时方能施行于每片自豪国土？
神圣的爱国主义，何时方不屑做
疆域的奴仆，而在全世界通行？"

1　1899 年，英国发动对南非的战争，这首诗描写英国军舰离开港口时的情景。1923 年哈代在给著名小说家高尔斯华绥的信中写道："国与国之间交流思想是拯救世界的唯一途径。在南非战争之初我写《离别》那首诗时，确实对能否把爱国主义从区域的狭小天地扩展至全球抱悲观的态度，我至今仍主张这种观点应该得到推广。"

鼓手霍吉 [1]

1

他们把霍吉扔进坑里，
　　不用棺材——也未加装殓：
一抔土丘是他的标志
　　独自兀立在南非平原；
异国的星座向西飞逝 [2]
　　夜夜映照在他的坟前。

2

刚刚来自威塞克斯故乡，
　　年轻的鼓手根本不知
这丛林地带、粉状土壤，
　　和开阔台地是什么意思，[3]
也不懂为何当暮色苍茫
　　升起的星星这般奇异。

3

然而霍吉便从此化作

　　这陌生平原的一部分；

他朴实的北国头颅胸脯，

　　会长成某片南国树林，

那目光奇特的异国星座

　　将永远主宰他的命运。

1　　这首诗描写英布战争中一个鼓手战死异国他乡的命运。最初发表于 1899
　　　年 11 月 25 日的《文学》，题为"战死的鼓手"，并附题注："这个战死
　　　的鼓手是卡斯特桥附近的一个村庄的村民。"霍吉用作姓氏，通常指质
　　　朴土气的乡下人，可参阅《德伯家的苔丝》第十八章。
2　　指只有在南半球才能见到的星座，对于来自北半球的霍吉，显得十分
　　　奇特。
3　　本诗中不少词，为南非荷兰语或殖民地用语，霍吉还未听懂，便已
　　　阵亡。

被屠杀者的灵魂

1

夜色如厚厚黑盖将我笼罩，
　独自在罗斯海域 [1]
　一小岛的岬角边——
我一身窟窿，秃顶、皱纹满脸——
四周一片漆黑寂静，我的灵魂悄悄
　伫立着沉思。

2

没有一丝风拂过静静的海面、
　岬角的峭壁、
　海滨的沼泽，
和苇草丛生的沿海斜坡地，
水下滩涂只在永恒的潮水往返间
　获得些歇息。

3

不久从南面似乎渐渐传来

嗡嗡声一片，

像巨翼苍蝇振翅，

或无数夜间飞蛾展翼，

声音那么轻细平稳，人的耳朵无奈，

几乎听不见。

4

它们登上峭壁，又蜂拥而下——

隐隐约约是群

不见形体的鬼魂，

无形之魂没人能控制或触碰——

它们聚在灯塔前的岩脊上，那灯塔

海员老远能看清。

5

我听见他们说"回家！"，于是知悉，

他们来自冥府，

是阵亡士兵的灵魂，

曾在摩羯星座下投入战争，[2]
我怀着敬畏之心上前，并屏住呼吸
　　将他们留意关注。

6

　　这时候好像是从北面
　　　过来位资深幽灵，
　　　　身上还闪着光华；
　　他遇见他们，问道："是你们吗，
我的部下？"他们答："是啊！我们一起把家还，
　　　　以分享我们的英名！"

7

　　"我比你们先回去，"他告诉他们，
　　　"你们各家都不错，
　　　　只可惜——亲人们不再看重
　　你们的光荣和赫赫战功，
不若别的东西更珍贵。""更珍贵？"众幽灵忙问，
　　　　"他们说些什么？"

8

　　“有的母亲哀伤地回忆，喃喃说起

　　　　你们小时候的往事——

　　　　回忆你们孩提时

　　　　那副天真顽皮的样子，

　　有的祈祷，愿你们阵亡前信仰坚定不移，

　　　　日子过得开心欢喜。”

9

　　“有位父亲反思：‘当初真该让他

　　　　找个下等行业干，

　　　　以松懈他的志向

　　　　和打仗立功的欲望，

　　而不该讲战斗故事，结果激励了他

　　　　投身这不幸的征战！’”

10

　　“将军，我们的立誓忠贞的恋人，

　　　　可真的保持清白?”

　　　　——“许多人悲痛，许多人觉得

为英雄披二丧服也可，
　　也挺光彩体面。也有些水性杨花的人
　　　则已另有所爱。"

11

　　"我们的妻子呢?"另一位恭顺地问，
　　　"常夸我们的事迹?"
　　　　——"只谈些家事，生动而新鲜，
　　　　——令她们或苦恼或欢喜;
　　老掉牙的话有的刻薄有的亲近，
　　　这些她们最留意。"

12

　　"唉! 这么说我们的光荣
　　　他们并不看重，
　　　还不如日常小事
　　　和很久之前我们生活里
　　一些普通的事——而我们一生最珍视的战功
　　　却无足轻重!"

13

于是有的很伤心："这样是否明智，
　　　打开墓门出来
　　　却听到这些消息？不如回去！"
　　其余幽灵则说："我们至今看重荣誉，
这份雄心现在却让我们百倍羡慕妒忌，
　　　那昔日的温存关爱！"

14

这成群的幽灵一边说着，
　　　一边散开重组，
　　　他们分成了两伙：
　　那些对妻子一向忠实和温存的
仍一起往北回家，那些往事不堪回首的
　　　便离岛踏上归途。

15

他们一大群高高地越海而行，
　　　在某一处暂停，
　　　俯视着罗斯海洋——

这吞噬一切的恐怖不祥的地方——
在那儿他们纷纷扎进海中，大海深深，
　　葬着无数无名军人。

16

　　而那批打算回家的幽灵
　　　急急地赶路，
　　犹如五旬节³的风；
　他们行路的瑜嗳声散在空中，
渐渐远去不再闻，而把大海的细语和我一人，
　　撒在这孤岛薄暮。

1899.12

1　指英国多塞特郡漫特兰半岛附近海域，由于是潮水交汇之处，波涛格外
　　汹涌凶险。
2　这首诗写于 12 月摩羯座当值，其时英国正在南非进行战争。
3　五旬节，又称圣灵降临节或降灵节，为基督教重大节日，在每年复活节
　　后的第七个星期日，亦即第五十日。

士兵的妻子和恋人之歌

1

终于！又望见家乡，
　　又望见家乡，
再不会远征海外离开家乡，
　　就像过去那样？
再不会告别我们
　　远离我们？
黎明，让白昼快走向我们
　　让白昼快点明亮！

2

此刻，全城鸣钟欢迎他们，
　　鸣钟欢迎他们，
作为爱人，我们拥抱他们，
　　感到无比愉快，
一边欢叫："愿为你们多多效劳，
　　重新多多效劳，

亲爱的！啊，取水砍柴多多效劳，
　　你们刚从海外归来。"

3

有人说我们再不能相见
　　啊，再不能相见！——
将等待，祝愿，却再不能相见，
　　炉前再见不到你们；
因为，转眼之间，一不小心
　　非常令人伤心
士兵们会牺牲——甚至让人寒心，
　　像那些厌亡的人。

4

亲爱的，你们又回来了，
　　你们又回来了；
或许，不会再出征了，
　　不会像过去那样，
那样告别了我们，
　　那样远离我们；
黎明，让白昼快走向我们，
　　让白昼快点明亮！

雪莱的云雀

写于莱格霍恩附近，1887 年 3 月

有样东西存于这附近某处，
不为人所知而由大地收管，
那是未受注意的一撮骸骨，
曾感动一位诗人做出预言：

那骸骨是雪莱的云雀所遗，
诗人已使它在岁月中永生；
尽管它活得和别的鸟相差无几，
也不知自己已获永恒生命：

当度完一生，到头来坠落地面——
不过是小小一团骨头羽毛；
它如何死去，何时告别世间，
又湮没何处，均无人知晓。

或许它眠于我见的那片土壤，
或许它颤动在爱神木的绿叶，
或许它融汇入远处山坡上

那成片葡萄即将晶莹的色泽。

去找到它，仙女们，快去找寻
那小小一撮无价的遗骸，
再带一只珠玉镶嵌黄金制成、
并用白银饰边的宝盒来；

要万无一失将它存在里面，
并永远永远把它奉为神圣，
因为它激发了诗人的灵感，
达于诗歌意韵的神妙绝顶。

罗马

写于塞斯图斯方尖塔 [1]，附近为
雪莱、济慈墓

塞斯图斯何许人也，
　他对于我有什么意义？——
脑海中思绪和记忆纷至沓来，重重叠叠，
　唯有一条将他提及。

有关他的业绩和建树，
　我什么也想不起；
只知道他是个古人，去世后葬入坟墓，
　并留下方尖塔的遗迹。

在我看来此塔的功效，
　和起初的意图了无关系，
也没别的，直到千百年后，我的两位同胞
　在它的一旁获得安息。

或许，塞斯图斯活着时
　曾发出威胁，给政敌以痛击，

这些我全然不知。我只知道：死后他却静静地
　　做着一件更为人称道的事，

　　他那高竖的大理石方尖塔，
　　吸引着游客的脚步
沿着历史悠远的街道，走过阴森森墙下，
　　去那天才诗人的安卧之处……

　　那么，他活过而后死去，
　　这铸刻了他名字的石塔，
历经岁月指示着两位不朽诗魂的寓居；
　　这声名已够显赫巨大。

1887

1　　保存最完好的罗马古建筑之一，是公元前 1 世纪的司法官和护民官塞斯
　　图斯的墓。

洛桑 ¹

仿佛有一幽灵闪过，
他姿势拘谨，表情庄重威严：
双眼凝视着手中书册一卷，
远处的灯光透过槐树照得他一身斑驳。

不久他合上了书本，
叫道："终于完成了！"在小径尽头
他转过身来，凝视着我开了口，
那声音像从往昔传来——轻微然而沉稳：

"真理境况如何？——不行？
——作家们曾否暗暗助他向前？
或有人冷嘲热讽将她阻拦，
迂腐文人仍坚持将荒谬奉若神明？

"仍统治着尘世之人？
先哲弥尔顿痛切的话语朝他们震响：
'真理如私生子来到这世上，
历来只会给真理孕育者带来恶名'？" ²

造物主的哀叹 [1]

当深秋的悲声撼动长夜，
　　莎草已粗糙坚硬，
盛夏短暂的绿色杰作
　　正在逐渐萎蔫。

我走在耶尔姆弗小路，只见
　　身边影影绰绰回旋
有些朦胧的幽灵徘徊不去，
　　暮色松开了锁链。

茂密的针叶间吹进的风
　　传来低沉的哀叹，
仿佛是树神正感觉痛苦，
　　十分沮丧、困惑、茫然。

我留意倾听，心中充满敬畏，
　　觉察到是造物主本人
带着天上口音，在轻轻诉说，
　　如吟唱挽歌一般。

她喋喋不休地抱怨人类近来
　　居然怀疑蔑视
她自古来完美崇高的威名，
　　真令她痛苦心酸……

——"我从未自诩为造物主，
　　（她长叹一声）由此以为
天下没有谁比得上我
　　天赋超群，智力无边，

"能以神的目光一眼看出不足，
　　发现昔日疏漏的
每丝痕迹，并逐一指出
　　种种污斑缺陷！

"我的目的并不是获得
　　对尘世的如此洞悉，
可人类这些评价贬低我，
　　削弱了我的威权！

"为什么我放松了一贯来的控制，
　　以求取向上发展，
不相信在如此地球

能开拓巨大空间？

"我从未约束人类心智的飞跃，
　　以至如今他的眼界
已超越我的范围，还在我的领地
　　到处寻找缺点。

"他将我最精巧的作品——他的人体
　　视为笨拙无奇，
鄙薄我连续的发明创造
　　为不合时宜，空泛浮浅。

"他不再视我的太阳为圣物，
　　我的月亮为夜间女皇，
不再认为我的群星崇高威严，
　　能够将风雨呼唤。

"他认为我的教诲粗俗卑下，
　　我的传说有悖道德，
我的爱之光犹如尤物，担心
　　人类或会受熏染。

"'请给我，'他说，'诸神授予她的
　　那些物质和手段，

我的头脑可以构思创造万物
　　更得体更健全。'

——"要是我心中邪念占了上风，
　　一心想追逐获得
比我初造的低等生物精明得多
　　的人类的谄媚称赞——

"如果在内心我曾喃喃自语，
　　'低等生物的赞颂甜美，
可智者的奉承更动听，'——便匆匆松开
　　对人类幻想的羁绊，

"我真后悔！……他们老实巴交的祖先
　　头脑简单不难哄骗，
要想测知我深奥的奥秘，
　　对他们来说难上难。

"我可巧妙地掩盖我的无效无能，
　　不让他们知悉；
他们会说，'值到物尽其用，她的力量
　　便是决定条件。'——

"可如今全变了！……我创造的物种在减少，

森林变成不毛之地，

啄木鸟不再'嘚嘚'啄木，

云雀也不再高歌云间。

"我美丽的虎豹越来越少，

獠牙动物已经绝迹，

我的孩子们模仿着大肆杀戮，

加速了我的败落衰减。

"那么，就让我只生长霉菌和毒草

和污秽畸形之物，

而一切美好可爱的东西，

不再由我照管；

"因为在我的神殿里，理智已腐臭，

幻想也狂乱不羁，

而对我的精巧创造的骑士式赞颂

却再也听不见！"

1　关于这首诗，《哈代的早期生活》曾从哈代的日记中摘引了两个相关片断：1883 年 11 月 17 日：我们人类已达到的智力水平，是大自然的形成自身的法则时不曾料到的，因此她也不会表示恰如其分的满意。（该书第 213 页）

1889 年 4 月 7 日：一个不幸的事实——人类的智力，相对于其身体条件来说，实在是过于发达了，在如此环境下其神经的进化，活跃到了畸形的程度。在这方面，甚至一些高等动物，也进化过度了，或许该问一问，大自然，或我们所谓的自然，远在她完成从无脊椎动物到脊椎动物的进化过程时，是否超越了她的使命。（该书第 285—286 页）

致生活

哦生活，你一脸憔悴愁苦，
　　我真讨厌见到你，
你的肮脏斗篷，蹒跚脚步
　　和极为勉强的打趣！

我知道关于命运、时光、死亡，
　　你会说些什么；
我早就知道，知之甚详，
　　我将有什么困厄。

但你能否打扮自己，
　　披上罕见的伪装，
为一日疯狂而逢场作戏，
　　说尘世便是天堂？

我会调整自己的心境，
　　与你化装作乐直至夜深，
对这即兴插演的小品
　　或许我会信以为真！

部下

1

"可怜的流浪汉，"铅灰色的天空说，
　"我很愿减轻你的负担，
但天上自有实施的法则，
　严格规定不准这么办。"

2

——"受伤的人儿，我本不会冻伤你，"
　北风说，"要是我清楚
怎样减缓我的步伐，暖和我的气息，
　但我像你一样受人摆布。"

3

——"明天我会侵袭你，可怜的人，"
　疾病说，"虽然我发誓
不带恶意进你的门，

但我受命进入那里。"

4

——"到这里来，孩子，"我听见死神的声音，
　"就在今天，我很不满意
以一丘坟冢结束你的人生历程，
　可我自己也是个奴隶！"

5

于是我与它们互报微笑，
　我仿佛感觉这人生
比起此前逆来顺受的煎熬
　已少了一份面目的狰狞。

健忘的上帝

我高高翱翔，看！我立于
　至高无上者所在之地，
受地球的儿子们委派去那里，
　　向上帝提几个问题。

　——"你是说地球？人类？
　　是我创造的？处境恶劣？
不，我不记得有这样的地方
　　我从未创造这种世界。"

　"哦，上帝老爷，恕我说实话，
　　是您说出的话儿创造了一切。"
"人类的地球——让我想一下……
　　是啦！我记得大约

　"很久前造过个小小球体
　　（我造的这类玩意数以亿计）
是叫这名字，它肯定已消失——
　　没剩下残骸或标记？

"我一开始就失去兴趣，
　意图便没有贯彻到底；
或许它亡于自己的胆大妄为？"
　　"老爷，它仍在那里。"

"那它活得太愚昧！因我从未听见
　地球上发出的任何呼喊，
有关它行动的一切线索均已中断，
　　哀怨传不到我的耳畔。

"它过去常乞衰善的赠品，
　直到它自己造成了隔绝中断，
于是，那儿突然陷入了一片寂静，
　　并一直延续到今天。

"其他的星球都与我有联系；
　我能很快听到它们的呼声，
地球上的人，对于造成与我的分离
　　该负有重大的责任！

"说来奇怪——真令人难过，
　地球上的人竟然想要
每天都在建造优质闪光星体的我

对腐坏的地球多加关照！

"你说，它正默默遭受伤害、
　剧痛、争斗，几致忽忽若狂？
我非常痛心，磨难竟然发生在
　这般可怜的地方。

"你应该明白，对我来说
　只因'不知情'，才'不予弥补'，
因此，使者们！快去马上解脱
　人类经受的痛苦。"……

黎明返程时，我想去见
　曾在旁侍立的某位使者。
——哦，幼稚的念头！……可是一遇苦难
　这念头却常常闪过。

致利兹比·布朗 [1]

1

亲爱的利兹比·布朗，
如今你在什么地方？
沐浴阳光，还是遭受风雨？——
或者，在你的脸上
不再见到痛苦和欢愉，
亲爱的利兹比·布朗？

2

可爱的利兹比·布朗，
难忘你迷人的笑颜，
难忘你动听的歌喉！——
你那回眸顾盼，
多么淘气娇柔，
可爱的利兹比·布朗！

3

况且，利兹比·布朗，
谁有你那一头
枣红色秀发如丝，
长在户外游，
肌肤却如此白皙，
可爱的利兹比·布朗？

4

我的利兹比·布朗，
正当有人刚刚开始
暗暗地在他心中
将你钟爱相思，
你却消失得无影无踪，
我的利兹比·布朗！

5

啊，利兹比·布朗，
你的生命节奏何其快，
我的却奇慢无比，

我还未及表示我的爱，
你已嫁为人妻
啊，利兹比·布朗。

6

尽管如此，利兹比·布朗，
他们说，你嫁了个
百里挑一
男人中的佼佼者……
此后你去了哪里，
唉，利兹比·布朗？

7

亲爱的利兹比·布朗，
我早该想到
"女孩儿成熟得快"，
早该追求并得到
趁你瓜熟而未曾摘，
亲爱的利兹比·布朗！

8

然而，利兹比·布朗，
我让你悄然去
而未叹息一声，
也从不曾给你
轻轻的一吻，
如此便失去了利兹比·布朗！

9

于是，利兹比·布朗，
有朝一日
人们漫不经心把我说起，
你会淡淡问一句，
"这人是谁?"——
会这样的，利兹比·布朗！

1　利兹比·布朗是哈代故乡博克汉普顿村一个猎场看守人的女儿，她头发
棕红，比哈代大一两岁。见《哈代的早期生活》第 33 页和 270 页。

希望之歌

啊，美好的明天！——
　从今以后
　再不会有
这悲哀伤感。
让我们借助希望，
因为一丝曙光
很快成一片辉煌，
　黑暗阻挡不了——
　　阻挡不了！

风如流逝的光阴
　载着我们，
　飞向黎明，
靠得愈来愈近；
云雀为我们歌唱，
歌唱我们的荣光，
人生正待辉煌，
　辉煌就在眼前——
　　就在眼前！

脱下黑色衣襟，
　穿上红鞋，
　修理调谐
断弦的六弦琴，
让琴声悠扬
驱尽话中忧伤，
夜云已经泛光，
　明天即将来临——
　　即将来临！

失约 ¹

　　你没有来，
时间分分秒秒过去，令我麻木难挨。
伤我心的倒不是没能见到你，
而是由此我发觉你身上欠缺
同情——它能让你仅仅出于仁慈，
不管心中多么勉强而仍来赴约。
当最后一阵希望的钟声荡漾开，
　　你没有来。

　　你不爱我，
只要有爱，就要忠诚并履行承诺；
——这我早就知道。可是，在所有
徒具名义的人类高尚行为中，
难道不值得花短短一个钟头
去添上：你，一个女人，有一次曾经
让某位男士免受时间折磨，哪怕说
　　你不爱我？

据哈代的第二个妻子弗罗伦斯认为，这首诗写的是哈代和他的女友亨尼
卡夫人。又据哈代传记专家理查德·潘迪考证，诗中女人指亨尼卡夫
人，约会地点为伦敦大不列颠博物馆。

我的不幸多么巨大

八行两韵诗 [1]

我的不幸多么巨大，欢乐何等渺茫
　　自我命中注定第一次与你相识！
　——莫非悠悠岁月未展现这境况
我的不幸多么巨大，欢乐何等渺茫，
记忆也未重塑一新昔日的形象，
　　连慈爱也没有帮着向你显示
我的不幸多么巨大，欢乐何等渺茫
　　自我命中注定第一次与你相识？

1　　这是中世纪法国的一种诗体，通常为八行，其中第一、四、七行相同，第二、八行相同。哈代以这种诗体写过不少诗。

我不必去 [1]

我不必去
冒飞雪冻雨
到我所知
她等我的地点；
且让她等待
到我觉得应该，
并能抽出身来
暂离伙伴。

待我多少感觉
已熬过这一切，
当事情已消解
种种压力紧张，
我便会很快
飒飒如风过松柏，
告诉我的爱
我又来看望。

倘有朝一日，

并无人阻止，
我仍姗姗来迟
与她伴陪，
尽管已够悠闲，
有大量时间
任我欢乐消遣，
她也不会责备。

可别责怪我，
别问因何事耽搁，
也别问是什么
滞留我这么久？啊，别！——
我有新的事操心，
我会燃起新的爱情，
她不会骂我忘恩，
而会容忍这一切。

1　　这首诗中的她，一位已去世的女人，可能指特里费娜。

仓促的婚礼

八行两韵诗

愿良辰持久终年，新人长美满，
如今他们激情已逝，唯求安慰，
凭借种种联系所缔结的良缘，
愿良辰持久终年。新人长美满，
东方的明星永不坠于西天，
烈火不会燃得剩白灰一堆：
愿良辰持久终年，新人长美满，
如今他们激情已逝，唯求安慰。

他的永生

1

　　我曾见一位死者的功德
　在亲友们忠诚的心中闪烁。
　当时我说："这点没有疑问——
　　　他会获得永生。"

2

　　我看到：随着岁月流逝，
　他的灵魂仍活在他们心里；
　可那光辉已渐渐黯淡——
　　　比起我初见的那天。

3

　　当他的同辈人皆已去世，
　我在晚辈的心中再将他寻觅，
　啊！我发现他已萎缩成——

一个侏儒似的幽灵。

4

如今我老态龙钟四肢冰冷，
我四下寻询他还有什么残存？
唯见我心里一点微火摇曳——
正在黑暗中渐渐熄灭。

1899.2

一个八月的子夜

1

一幅摇曳的遮帘，一盏带罩的灯，
屋子另一端传来了当当钟声：
有触须、有脊、有翅之物闯进这场景——
原来是长腿蝇、飞蛾和黄蜂；
在我的纸上，同时还懒懒站立
不停搓腿昏昏欲睡的苍蝇一只……

2

这样我们五位相聚在宁静的地点，
在这一时刻，在这片空间。
——我的宾客弄脏我新写的诗稿，
或朝灯飞扑，并仰面栽倒。
"它们是上帝最恭顺的孩子！"我沉思。
为何？因它们知道我所不知的尘世之谜。

1899 于马克斯门

最后一朵菊花

　　这朵菊花为何缓缓开迟
　　　来展示它颤抖的花瓣？
现已是知更鸟悲歌之时，
　　　群芳消歇早委身坟间。

　　在悠悠夏日，束束阳光
　　　曾探访每朵花每张叶片，
竭尽全力促使花儿开放，
　　　那时这花为何不舒展？

　　它一定感受到那热情催促，
　　　尽管当时未作回应，
而今，当枯叶如僵尸坠落，
　　　液汁不济，它方才苏醒。

　　可怜它美色太迟，孤独凄恻，
　　　花季的光彩早已衰休，
还能有几多风光？只得
　　　在狂暴的风雨中颤抖。

莫非它迟开自有原因？
　　也许它愚蠢地异想天开：
以为如此一枝艳丽娇嫩
　　严冬不至于横加戕害？

　　——我说起来仿佛花朵
　　生来具有思维的能力；
然而这正是上帝所戴的
　　许多面具中的一只。

黑暗中的画眉

我倚在靠近树丛的门边，
　当寒霜似灰色幽灵，
残冬使暗淡的白日之眼
　更显得黯然凄清。
半空中悬着缠结的爬藤
　宛如破琴的断弦，
平时在附近出没的人们
　都已回家拥在炉边。

大地轮廓分明，望去恰似
　横卧着世纪的尸体，
阴沉沉苍穹是它的墓室
　风在为它哀悼悲泣。
自古来生生不息的活力
　已萎缩得近乎枯竭，
大地上所有生灵似乎已
　与我一样热情消歇。

蓦然头顶上有一阵鸟鸣

在萧瑟寒枝间响起，
一曲晚祷之歌洋溢激情
唱出了无限的欣喜；
一只画眉，衰老瘦小虚弱，
羽毛被风刮得凌乱，
却选择此刻吐露心曲，
倾诉给渐浓的黑暗。

任你阅尽人间的万物，
四周无论是远是近，
没什么原因可使它发出
如此醉心的声音；
于是我觉得一定有某种
可喜的希望，回荡在
它欢快的晚安歌吟之中，
它清楚，我却不明白。

1900. 12. 31

未致命的疾病 [1]

我穿过疼痛之拱，
此拱以阴森可怖的肋骨构筑，
衣着怪异的无常将我押送
　　打入极端的痛苦。

挨着一下下锤击，
浑身震颤、剧痛，令人窒息的酷热
和时密时疏的如网往事混杂一起
　　令我一路困厄。

"这一路如陷苦海，
何处是尽头？"我气息奄奄地问。
这时只见前方有一门向我洞开——
　　通往死亡之门。

大门赫然愈显清晰，
"终于到了！"我喊道，"万事俱休之门！"
但随即不知为什么，那扇门又开始
　　渐渐往远处退隐。

于是我徐徐滑回
来时走过的那一排排长廊，
又见白日，天空，生活那么单调乏味，
　　仍是旧时模样。

一切完好如初：
早先的情形全复原，没有改变，
我额头沁出并滴落宽心的汗珠，
　　如这场大难之前。

我重又四下漫步，
很少去回想最近这场磨难，
可一审视那些渐趋康复的脚步，
　　我不能不感到遗憾。

因那些凄惨阴沉
时锐时钝的痛苦，那些可怕的处所，
我刚亲身经历，而来日去那大门
　　我还得一一体验穿过。

1　　1880 至 1831 年，哈代身患重病，长期卧床。这首诗描写了哈代对那场
　　大病的体验。

阿瑟尔庄园的女主人

1

"亲爱的！只须短短一个小时，
　　就将见到你吗？"她想，
"就可离开这毫无爱情的眠床，与你一起
远走他乡，在葡萄藤攀围的闺房
成为你的人儿，永不分离，
　　并挑战世俗的汹汹嚷嚷？"

2

她急急加快脚步，就在他们事先
　　约好的地点与他相会，
一番拥抱后他们登上马车，车轮飞旋
急驰而去；她一心一意相追随，
令此时此刻情浓心醉意酣
　　更感以往岁月索然无味。

3

他们加速前行，几里路飞闪而过，
　　港口已遥遥在望；
这时，因受爱抚，她的手镯
一下子滑落下来，她重又捋上，
镯上那小小的廉价彩色雕琢，
　　使她陷入沉思默想。

4

他的头像便嵌在雕饰里，
　　原曾是他赠的信物；
正是这精巧的雕饰
勾起渐已淡忘的记忆无数，
于是她眼含热泪盈盈欲滴，
　　心中充满了内疚痛苦。

5

"我可以不去！"最后她开口说话，
　　"种种思绪召唤我回去——
为了你，亲爱的，我不惜一切代价，

我的心属于你，朋友！但我必须
返回阿瑟尔庄园的家，
　　以防家庭毁灭的悲剧！"

6

他气坏了。两人懒懒、冷冷地别离，
　　他登上船，离了海岸；
船儿渐渐去远，隐没在天际；
在那午潮的波涛中她听见，
从太阳的斜睨里她得知
　　他们再也不会见面。

7

黄昏时分她如来时一般悄然
　　回到阿瑟尔科姆，
进入她曾发誓离开的庄园，
整幢住宅静得像座坟墓；
她偷偷溜回自己的房间，
　　独自跪在黑暗中忧愁悲苦。

8

从那没有玫瑰的草地上传来

　　她丈夫和朋友说话的声音：
"我只得别做选择，因她另有所爱，
她走得好。我们从此可改变命运，
换个配偶我俩都感到愉快；

　　但愿此事就这么确定！

9

"快快离婚；她嫁她的男人，

　　我迎娶我的新妇。
岁月一久，时光会熨平一切伤痕——
或不妨说由她，凭借大胆的谋划瞻顾！
我爱慕另一个女人，一向对她倾心，

　　她也始终在为我祝福。

10

"我要为我真正的新娘建筑新房，

　　过去的事就让它过去吧，
此时此刻她无疑已和她的情郎

越过海上的潮头。跟从他
到那些温暖的葡萄种植区，她必将
　　比与我在一起幸福多啦。"

挤奶姑娘

长满雏菊的小溪旁，
站着一头正在反刍的红褐色奶牛，
一位头裹棉巾的姑娘
紧靠在它的身边，正皱着眉头。

溪边软泥如花泛起，
旋又沉降，奶汁刷刷注入奶桶；
很少有修行者愿意
如此僻静地生活在如此幽谷中。

姑娘仿佛在喃喃自言——
赞叹大自然风光的优美神奇，
表示她的生活和情感
已完全和溪谷田野融为一切。

可她目光中透着凄恻，
一时间，脸上竟有泪水下滴，
啊，莫非是飞驰的列车，
那隆隆的轰鸣令她耳朵不适？

不！菲丽丝并未沉湎于
如此美景和这些熟悉的环境；
　　令她心神不宁的是，
她内心深处的那份焦虑和憧憬。

　　但愿星期日天气晴和，
她能穿上送来的漂亮新衣服，
　　只要弗雷德不另作选择，
哪怕列车尖鸣刺耳，草地全部干枯。

堕落的姑娘

"奥米莉亚，亲爱的，这可真稀奇！
谁能料到我会在城里遇上你？
哪来的这些漂亮衣衫，这等阔绰？"
"哦，"她说，"你不知道我已经堕落？"

"你厌倦了锄薯挖土豆，
离家时没鞋没袜，衣衫破又旧；
可如今有了华丽的羽饰和手镯！"
"是的，堕落的人就这么打扮，"她说。

"在家乡的晒场，你开口'侬'和'伊'，
闭口'啥子'，'咋办'，'俺们儿'的；
而今你说话和上等人一样'高雅'！"
"这点雅是用堕落换来的，"她回答。

"那时你的手像爪子，面色白得发青，
如今你嫩嫩的脸蛋真迷人；
活像个贵妇人，还戴着小小白手套！"
"我们一旦堕落，就不干活儿了，"她答道。

"你常说家乡的生活像场梦魇，
你老是叹气，发泄，可如今的你
似乎不知道什么叫悲伤，忧郁！"
"是呀，"她说，"一旦堕落了，就贪图安逸。"

"但愿我也有羽饰，漂亮的长袍，
和姣好的脸蛋，能在城里炫耀！"
"你呀，乡下来的傻姑娘，我亲爱的，
别指望这些。你还没有堕落，"她说。

1866

不见自己

这就是当年的地板，
已踩磨得薄成凹形，
这儿从前有道门槛，
死者在此留下了足痕。

她就坐在这把椅子上，
望着炉火微笑；
他拉着琴站在一旁，
越拉调儿越高。

我如孩童欢舞在梦境；
喜悦使那天格外鲜亮，
一切都闪烁幸福光晕，
我们却偏偏移开了目光。

在阴郁中 （一）[1]

我的心被伤，如草枯干。[2]

冬日将至；
但它不可能再带来
我丧友的悲哀：
　人不会死两次。

花自飘零；
但既然曾经开放，
这番凋落景象
　不再令我伤心。

鸟儿惊厥：
在那孤寂霜夜里
我不再丧失体力：
　体力早已衰竭！

叶冻成土；
但友情怎可冷淡，

如今岁月依然，
　　而友人已故。

　　风雨如晦；
但今年爱神已不能
将他的心刺疼，
　　因他心儿已碎。

　　黑夜如幕；
但对于看破红尘
无所指望的人，
　　死也不可怖。

1　《在阴郁中》共三首，写于 1895 至 1896 年，表现了诗人十分抑郁的心
　　情。据种种资料推断，造成这种阴郁有三方面原因：与妻子爱玛感情不
　　融洽；小说《无名的裘德》遭到抨击；一些好友相继去世。
2　《圣经·旧约·诗篇》第 102 篇。

在阴郁中（二）

> 我左顾右盼，没有看见了解我的
> 人，没有人关心我的情绪。[1]

厚厚的云层反射回多数强势人物的吼叫：
除少许很快可匡正的弊病，一切都极其美好，
可我怎么也看不到这些人看得很清楚的景象，
似乎只有我看到污点，这人最好别活在世上。

强横的上流人士说，我们白璧无瑕，有什么可憾恨！
头面人物反复说的话，怎可能稍有失真？
他们轻松愉快地来去，一路春风得意扬轻尘，
直至我觉得自己生错了时辰，在世上不受欢迎。

他们的黎明似乎全是欢乐，黄昏也美好温馨，
我们的时代承蒙天恩，他们说，生活的安排恰如其分，
没有什么大不了的事；到处是欢笑，泪只有几滴，
我这个人算得了什么，为什么还让他留在人世？……

让他的声音听来微不足道，淹没在上等人的呵斥，

这人认为要使生活更美好，就得正视丑恶的现实，
这人感到欢乐相当脆弱，受制于奸猾陋习和恐惧，
快吆喝赶走这个畸形人，他扰乱了这儿的秩序。

1895—1896

---

1   《圣经·旧约·诗篇》第 142 篇。

在阴郁中（三）

> 我寄居在米设，住在基达帐棚
> 之中有祸了！我与那恨恶和睦的人
> 许久同住。[1]

曾经有那种我很可能度过而后生命便戛然而止的时刻——
人生旅途上黑暗曾几次无情生硬地险些将我吞没——
那时我还不知世界一片杂乱，充斥无效琐屑的操作，
这就是那种我很可能度过而后生命便戛然而止的时刻！

比如那个乍阴还晴的中午，阳光宣告着四月已临近，
我从狭长的番红花花坛上扫拢并清除残雪，
并将花坛的土壤按夏季要求做了些耕耙翻掘，
我满脸红热，快乐地认为这样便加快了岁月的流程。

或在那个最为孤寂的夜晚，我们伫立远处不知夜已降临，
我们一起在埃格敦的中心，是她支持鼓励着我，
有她的关注和看护，我自信地从渐黑的石楠丛走过，
我只觉得她的力量无人可比，能量范围也无穷无尽。

或在那个寒冷的冬夜，我斜倚在壁炉旁的角落，
渐渐地感到昏昏欲睡，我是在场的最年幼的小孩，
熬过初次病痛，又很虚弱，当我从瞌睡中不时醒来，
得知尘世在滚滚向前，却并不渴望投入其生活。

甚至那时！尚不知此景亦足恼人，此情亦难自持，
尚不知口里的甜具在腹中却会苦涩、酸辛，完全不适合，
于是，在某些色彩暗淡的场合，我刚拉起的帘幕倘若垂落，
那么主宰一切的声音更会说："停！"生命便会戛然而止。

1896

1　《圣经·旧约·诗篇》第 120 篇。

苔丝的哀歌

1

但愿人们把我完全遗忘，
　　　　把我完全遗忘！
但愿我能避开旁人的目光
　　不再见到太阳升起。
但愿这是诀别的时刻，
敲响丧钟，求得归宿，唱起哀歌，
这时候他们一定会说
　　我的辛劳从此完毕。

2

啊！我在奶牛场住了这么久，
　　　　　住了这么久；
早晨起来后身强力壮，精神抖擞，
　　晚上睡下时满怀希望。
正是在那儿壁炉边的长椅内，
他照看我，直至闹钟缓缓相催，

他深深爱我，渐渐习惯称我宝贝，
　　还情话悄悄倾诉衷肠。

3

可现在他走了；现在他走了；……
　　　　　　　现在他走了！
我们栽的盆花或许都被扔了，
　　扔在牧场上任其枯死。
我们晚餐时生火的地方，
如今或有荨麻、荆棘、野草生长，
一处处长满霉菌，遍地泥浆，
　　过去却曾那么温暖舒适。

4

这一切不幸都是我造成，
　　　　　都是我造成，
是我使他—— 一个真诚善良的人
　　遭受了重重一击。
唉，事情已过去—— 一去不返，
他走了，留下我处境悲惨，
但我必须独自承受苦难，
　　因我一度让他丢脸蒙耻。

5

结婚那天我们多快活，
   我们多快活！
"祝你们快乐！"他们一齐说，
  还站在门厅里送行。
我不知道要是他们听说了我的遭遇，
会说些什么，那位取代我的位置，
为我心爱的母牛挤奶的农家女，
  又有怎样的感受和心情。

6

想起这一切真令我痛不欲生，
    令我痛不欲生；
我无法忍受这样的命运，
  但愿能一死了之；
但愿我的记忆成为一片空白，
我的一切遗物都销毁腐坏，
我做的事都不再存在，
  不留下我的任何痕迹！

我与记忆

"啊，记忆，我的青春在哪里？
它过去常说人生真实无欺。"

"我见它在那摇摇晃晃的树下，
　　在一间破旧的小屋里，
它像个幽灵在那儿徘徊，
　　唯有我知道它的底细。"

"啊，记忆，我的欢乐在哪里？
我工作顺利时，它曾和我在一起。"

"我见它独自在荒芜的小园，
　　那儿过去曾充满欢笑；
它像个幽灵在那儿踯躅，
　　除我之外，没有人知道。"

"啊，记忆，我的希望在哪里？
它让我干什么都有手绝技。"

"我见它在书的墓穴里，
　　那儿一向是梦幻之地；
它像个幽灵在那儿出没，
　　唯有我知道它的底细。"

"啊，记忆，我的信仰在哪里？
一度最为坚定，如今却无影无踪。"

"我见它在毁坏的教堂过道，
　　正跪在那儿俯身祈祷；
它像个幽灵在那儿游移。
　　除我之外没有人知道。"

"啊，记忆，我的爱情在哪里？
它的圣光曾照耀我，犹如上帝。"

"我见她已经老态龙钟，
　　全没了昔日的娇娆美丽；
它像个幽灵在那儿徘徊，
　　唯有我知道它的底细。"

时光的笑柄

　　《时光的笑柄》（全名《时光的笑柄和其他诗篇》），出版于 1909 年，共收九十四首诗，其中有二十九首在诗集出版前发表过。

　　"时光的笑柄"一语出自丁尼生的诗篇《公主》，哈代本拟以此作为他第一部诗集的标题，后来才决定改用于他的第三部诗集。全书分为"时光的笑柄""更多爱情抒情诗""乡村之歌组诗"和"偶得与杂感"四个部分。

一个荡妇的悲剧 [1]

1

自温约山口出发，整整一天，
　　整整一天：
我们徒步往北面赶，
　　这路我们走过多次。
太阳似火烤在我们背上，
行李包袱牢牢扛在肩膀，
穿田野，过大路又沿沟旁
　　还绕过收税卡和苔草泽地。

2

数十里行程走得好艰难，
　　走得好艰难——
我的情夫，快乐约翰，
　　还有我和李妈。
当太阳正渐渐西沉，
我们费力攀登浅尔登山顶，

这时望见了最美的风景，
　　山顶上旅店闪烁如画。

3

几个月来我们一直结伴而行，
　　　哈，结伴而行，
穿过广阔黑泽地，还有大森林，
　　以及那条潘勒小路。
我们见识过孟狄山脊的狂风，
没有桥仍渡过耶欧河深深，
马歇森林中的蠓虫都叮过我们，
　　叮过我和我的情夫。

4

我们爱住偏僻的小店，情夫和我，
　　　我的情夫和我；
如"御马""风哨"都在干燥的高坡，
　　及亨陶·格林的"骏马"小店。
温约山口的住房舒适如家
布莱迪的"棚屋"名气大，
还有别的许多路边酒吧，
　　往那儿一坐谁也看不见。

116

5

我们走得好累——啊，这天真要命，
　　啊，这天真要命——
我戏弄我的情夫寻开心
　　因无聊而放肆嬉闹。
我和快乐约翰并排着走，
拉过他的手把我的腰搂；
也不回头去正眼一瞅
　　我情夫脸色阴沉苦恼。

6

终于攀上了波尔登山顶，
　　攀上了山顶，
太阳西下时我们进了门，
　　这远近闻名的"马歇尔之榆"。
俯瞰那石山草原参差分明，
从孟狄山直至西海之滨，
我怀疑哪会有更美的风景
　　在这王国的辽阔疆域。

7

我们挨个儿坐在高背长椅——
　　　坐在了长椅，
我紧靠约翰身边，以此表示
　　他的追求已经奏效。
他随即把我抱在膝上亲狎，
发誓说这次该轮到他
做我中意的情人，而李妈
　　则投向我的旧相好。

8

随即我听到前所未闻的声音，
　　　我前所未闻，
我唯有的情人说："我只问一声，
　　你这婆娘，要是你许可！
你已怀上的是谁的孩子？——
他的？我几个月的疼爱结局如此？"
上帝知道不是，但，真该死！
　　我点点头——仍和他逗乐。

9

他一跃而起，拔出尖刀——
　　拔出了尖刀，
一下子便将快乐约翰捅倒，
　　真的，这时太阳刚刚西沉。
落日斜晖透进临近的窗子，
映照出约翰血色晶亮目光呆滞，
我和李姆还不知是怎么回事
　　这场惨剧便已发生。

10

旅店里到处传说这伤心的故事
　　这伤心的故事，
说的是在伊凡尔监狱里
　　我的爱，我的情人上了绞架；
尽管此前他没什么恶行污点，
只不过偷过匹马以解一时之难。
（灰脸杰米 [2] 在他最后被逮之前
　　不知曾盗过多少匹马。）

11

从此我在这世上孤苦伶仃，
　　孤苦伶仃！
在他受绞刑的那天我一阵呻吟
　　产下了一个死婴。
那是在监狱附近的一棵树下，
没有人来照顾我，因为李妈
已在格拉斯顿死去，把我撇下，
　　在这荒野里举目无亲。

12

那夜里我很虚弱正就地而躺，
　　就地而躺，
树叶纷纷飘落在我的脸上，
　　猩红的月亮落得很低——
他的幽灵——我真想一吻而死得解脱
出现在面前说："啊，快告诉我，
那孩子是我的，还是他的？
　　快说，以便我得以安息！"

13

啊，说给他听，我毫不迟疑便说给他听，

　说给他听，

自我们亲吻并海誓山盟，

　我就没和别的男人有过关系，

他听后微微一笑，悄然隐去；

这时轻风拂动唤来晨曦……

——事情已一去不返！只剩我独自

　流浪徘徊在西区泽地。

1902.4

1　这首诗取材于民间故事，具有浓郁的乡土气息和鲜明的民谣风格。哈代自己对这首诗相当得意，曾在自传中多次提到，可在他将此诗寄《小麦山》（Cornhill Magazine）杂志后，却被拒绝发表，因编者认为"不宜登在一份家庭期刊上"，结果该诗在英国从未单独发表过。后来，这首诗在《北美评论》杂志上发表。哈代为诗中的地名作了注释，并注明故事发生于1827年。据查诗中地名是真实的，盗马贼被处死的日期是1827年4月27日，寻人隐去了荡妇的真名：玛丽·安·泰勒。
2　指当时威塞克斯地区一个著名的盗马贼，曾偷盗过一百多匹马，最后被逮捕并处绞刑。

挡住那月光

关上窗户，垂下帷帘，
　　挡住那悄悄透入的月光，
月色的素装太像她的当年；
　　那时我们的琴尚未蒙上
积年的尘埃，我们还未见
　　熟悉的名字刻在墓碑上。

别踏进沾满露水的草地，
　　去瞭望仙后座的璀璨繁星，
还有那猎户座闪烁不已，
　　和大熊座小熊座星辰；
别出门吧，当年我们迷恋此景时
　　青春的容颜尚未凋零。

别拂动树枝，让午夜芬芳
　　一阵阵悠悠地四处飘逸，
唤醒那同样甜美的柔情，
　　当年由它们拂给我和你；
那时生活如欢快的笑声，

爱情像人们说的那么甜蜜。

且囚禁我的目光及思想
　　在这灯光照亮的普通房间；
让敷衍客套话再度回响，
　　难堪的细节原原本本浮现；
人生初开的花朵多么芬芳，
　　结出的果实却何其辛酸！

　　　　　　　1904

死人在走动

他们将我当活人招呼，
　　可他们哪知道，
我在近年已经死去
　　尽管尚未葬掉？

我仅是站立于此的人影，
　　一具无生命的模型，
一幅苍白的旧时图画，
　　一堆已冷的灰烬。

对我来说，时间的魅力，
　　不在钟点喧响，
不在分秒警示，早终止
　　在卧室和厅堂。

这去世的过程并不惨痛，
　　呼吸也未衰竭，
岁月默默缓缓地推我
　　越过死亡之界……

——作为行吟诗人，我已将
　生命付与竖琴，
愤怒使我心儿狂跳，
　犹如烈焰飞腾。

然而，当我试图审视
　人们追逐的目标，
顿觉浑身冰凉，生命之叶
　从此开始枯凋。

当我的朋友和亲人去世，
　进入死亡之门，
留下我在世上茕茕孑立，
　便觉又亡却几分。

而当我的恋人在心头
　燃起对我的怨恨，
我却不明缘故；我之死亡
　由此又加深一层。

假如我没法说清何时
　我已完全死亡，
何时我成了如今这副

僵尸的模样；

那是因为，尽管我依然
　　交谈，微笑，散步，
以某种方式消磨光阴，
　　我却早已亡故。

一九六七

整整一百年之后！到处是新见地，
新思想、新风尚，有新的蠢人和智士，
哀泣新的痛苦，珍惜新的欢喜，

在那鲜活生动的新世纪，
我与你没留下任何东西，
除了一两撮骨灰尚留大地；

那个世纪若不宏伟奇丽，
在全盛之时，我毫不怀疑，
也会超越这愚昧的时期。

——然而，超越多少与我何及！
因为，我的恋人，我只希冀
即便在地下你我仍永不分离！

1867

分离 [1]

雨打在窗，门嘎嘎响，
　　疾风掠过草地，
我在这儿，你住那边，
　　中间相隔百里！

啊，亲爱的，倘只是天气，
　　倘只是这百里
造成我们的分居，
　　或还有和好余地。

可我俩之间的隔阂
　　却无法解开除去，
亲爱的，因它已累积多年，
　　远甚于距离风雨！

1893

1　这首诗写哈代与妻子爱玛间的隔阂。也有人（如理查德·潘迪）认为诗
中所指为亨尼卡夫人。

在离别的月台上 [1]

我们在检票处吻别后，她离开我
进去了，她的身影渐渐
变小，最后在我看来，显得
　　只剩下小小一点；

那小小一点着白色衣襟，
顺着渐远渐细的月台前行，
挤过形形色色熙攘的人群
　　走向车厢之门。

火车灯光明灭相间地闪动，
在来自四面八方，志趣利益
与我们全然不同的人群中
　　她很快消失，

随即又闪现，直到我无法看清
那灵活的身躯，朦胧的白色；
于是她——我爱她胜于自己的生命——
　　完全看不见了……

自那美好的时刻起，我们书信不断，
酝酿新的计划，不久她会重来此地——
或许仍穿那飘柔的白色衣衫——
　　但情意却难比当时！

——"年轻人，要是你爱她至深，
你会重获欢乐，何致终相违？"
——啊朋友，此情已难再，我也说不清
　　其中原委！

1　诗中女人，或许指弗罗伦斯·达格黛尔。

四个脚印

昨夜我与她站在这里，
沙地上留下了四个脚印——
我们心儿相贴手儿相携；
早上的太阳已晒干印痕。

我吻她为雨淋湿的脸庞，
因为眼泪已被悲痛烤干，
听远方坝下水汩汩流淌，
我们犹如梦中，痛苦不堪。

"是的，我嫁了他；摸摸这戒指；
一周前他把它戴在我的手……
孝顺的女儿做了这蠢事，
从此后只好逆来顺受！

"但他永不会知道，在他之前，
我的心灵肉体已归你所有。
他很自信。他说'从长远看，
丈夫获胜。'……亲爱的，请你快走！"

我走了。今天我经过这地方，
只唤起阵阵剧痛令人难忍；
我曾拥她入怀，这恰如幻梦一场，
因为他们已重新开始蜜月旅行。

在盖有拱顶的过道里

在盖有拱顶的过道里，
在无人看见的幽暗角落，
你停下来，不无哀怨地与我道别；
尽管前一天晚上传来的消息，
已让我脆弱的恋情彻底破灭。

接着我亲吻了你，——尽管我认为
这热恋得一刀两断，因你对我的责难
已惹起非议，而我多年来的唯一心愿
只是为你效力；既然你对我如此责备，
你心中定没有我所寻求的爱的源泉。

但我仍亲吻了你，你也如同以前
亲吻了我。为何，为何这般蹊跷？
轻率攻击之后，却又想与我交好？
傍晚时刚奚落过我，当有爱情可言？
这事很怪异，亲爱的，我莫名其妙。

在心灵的眼睛里 [1]

那儿曾是她的窗户，
　　内有小蜡烛尖又细，
从那儿透出光亮来，
　　示意着："我在这里！"

此刻，像那时候一样，
　　我见她在窗前晃动；
唉，这不过是她的幻影，
　　升起在我的脑中！——

始终凸现在我的视域，
　　不管她去到哪里；
无论怎么时过境迁，
　　她总和我在一起。

如此美妙羞怯的形象，
　　谁能说这不是你？
我可从来不曾，亲爱的，
　　盼你的倩影离去。

曲终

　　我俩别再沉湎
这又甜又苦的游戏，——
爱之光是最后一次
　　闪耀在你我之间。

　　紧系我俩的情感
将消失得不留痕迹，
我俩的幽会之地
　　将沉寂一如从前。

　　鲜花香草的熏风
是否在将我俩思念？
野蜂不见我们流连，
　　是否会压低嗡鸣？

　　尽管我们盟誓热烈，
尽管欢乐奔涌如泉，
可当幸福达到极点，
　　便见到最后判决。

深深地痛，任不呷吟：
强作欢颜，默默承受痛苦：
爱之路比那石头路
　　确实更崎岖难行。

叹息

娇小的头靠上我的肩膀，
起初害羞，稍后有了些胆量，
　　眼睛略略抬起；
终于，伴随着羞怯的颤震，
她接受了我送上的亲吻；
　　可是，她却微微叹息。

这表明在她的心情里，
含一缕淡淡的忧思，
　　她正力图掩饰；
——并非她不再爱我，事实上
她认为我举世无双；
　　可是，她却仍叹息。

即使她竭力，也难以佯装
一丝一毫的热情、恐慌，
　　或者疑虑：
似乎没什么可将我俩分开，
早就心心相印，我真不明白

她为什么叹息。

后来我对她简直无所不知，
她爱我，真诚而又专一，
　　直到她去世；
然而她从未对我说明，
为什么第一次接受我的亲吻，
　　她会叹息。

记得，那是我俩的五月春光，
如今我已接近隆冬景象，
　　正平心静气
等待大限来临的一天，
可有时我仍有些怅然，
　　因她曾经叹息。

致一位女演员 [1]

初见芳名时还无缘与你相识，
众多名字中唯你的醒目花哨，
我茫然走过，当时压根儿不知
那突出字体代表着多大荣耀。

多可惜啊，那时我太缺洞察力！
为什么我没那悟性，就凭声音
从抑扬顿挫中一再辨明认识
四下飞扬的正是你非凡的品性？

那个不识你的人竟然是我吗？
如今我一心一意只求与你相知，
当时阅历有限，而今生活一新，
人生的目标也已非当年可比，
那时不过是个正式雇工，只因
创造的活力当时仍全然封闭。

1867

1   诗中的女演员可能是玛丽·司各特－西敦斯夫人。1867 年 4 月哈代曾观
看她在《皆大欢喜》中扮演罗瑟琳。

让我享受尘世之乐

让我充分享受尘世之乐，
尽管那规范一切的上帝
创造出世间的美好祥和，
并不以我的欢乐为目的。

我的身旁掠过一位美人，
她没跟我说话或者示意，
我赞美与我无缘的樱唇，
还以她的高傲陶醉自己。

借助于动听的歌曲抄本，
不知它源自何情景灵感，
我抒发别人的狂喜之情，
仿佛它们是自己的一般。

总有那么一天，向着天堂，
及其居住者（若确有其事），
我会高兴地举目遥望，
尽管那儿没有我的位置。

民歌手 [1]

唱吧，民歌手，唱支热情的歌，
让我忘却曾经有过一个人，
每当干完一天的活儿，趁月光柔和，
　　我常和她同行。

唱吧，民歌手，唱支家乡的歌，
让我忘却那位我钟爱的人
曾发誓要深深爱我，久久爱我；
　　可后来——真一言难尽！

唱吧，民歌手，凭你小小的歌本，
让我忘却忧虑、痛苦和心碎，
忘却她的美貌，她的芳名——
　　以及她的眼泪。

1　　这首和接下来的四首选译自组诗《在卡斯特桥市集》。哈代把家乡的多
　　塞特郡治称为"卡斯特桥"。该地每星期有一次市集，集上有民歌手演
　　唱，集后的晚上则举行舞会。

往昔的美人

市场上这些中年女人，一身旧衣服，
　　　紧绷着薄嘴唇，
她们竟然就是我们当年爱慕
　　　和追求的美人？

她们可就是那些粉红色少女，
　　　每逢夏天的星期日，
我们曾在溪畔或海滨的隐蔽处
　　　向她们山盟海誓？

她们可还记得，合着欢快的舞曲，
　　　我们相拥着旋舞不已，
直到月光如一幅银白的缎子
　　　盖在踩乱了的草地？

她们肯定忘了，全忘了！她们不可能
　　　记得当年自己的模样，
否则，回忆会改变形象，使她们
　　　永远显得那么漂亮。

舞会之后

黑山向东边的海敦镇皱眉，
　　朝西边的大海蹙额，
而唯有朝我的皱眉，
　　才充满轻蔑的神色！

黎明时我心情沉重，
　　无法再啜饮佳酿；
我离开了欢乐的人群，
　　离开了我年轻的情郎。

我从路旁的榆树下走过——
　　为什么会羞愧万分，
当树上的鸟儿看着我？
　　它们也干了同样的事情！

妻子在等候

威尔在俱乐部舞厅里跳得酣畅，
　　那儿的高脚酒杯里泡沫横溢，
我在这街口拐弯的人行道上，
　　等啊等，等着搀扶他回家去。

威尔和他的舞伴正满场飞旋，
　　他们是爱侣一对情投意合，
可在我们今年六月成婚之前，
　　他曾说他爱的只我一个。

他曾说他会戒绝旧习不再浪荡，
　　成婚后便和爱妻长相厮守。
威尔在俱乐部舞厅里跳得酣畅，
　　我却浑身颤抖在此苦苦等候。

集市之后

歌谣手带着大幅谱本
　　离开了谷物贸易市场，
街上不再回旋高音低音
　　和间或的滑稽模仿，
人潮蜂拥的路口，转眼已冷清，
　　只剩钟声断续回荡。

随着每一刻钟声丁当响起，
　　从钟楼台阶前，人群纷纷
经"哈特街"和格雷桥，往小路散去，
　　或穿越在阡陌田埂；
年轻人尖声唱走刚听到的歌曲，
　　老年人说："真想一步回到家中。"

集市上看似腼腆默默无声的少女，
　　此时叽叽喳喳话儿不停，
集市上显得最神气活现的女子
　　归路上变得愁苦又伤心；
有的女人似乎谨小慎微畏缩矜持，

这时却姿态潇洒步伐坚定。

夜半时大街上已空无一人，
　　唯有一群群鬼魂出没，
从刚殁者到古罗马的远征军，
　　人们至今可见其遗骨，
他们在这欢聚时刻，一如赶集的人们
　　相爱、调笑、打闹，又干杯欢呼！

回家

狂风呼啸着扫过开阔荒芜的托勒高地，
只见孤零零一幢暗房子，很少有人来这里。

"别揉眼睛啦。看都哭红了，我们已到家，没啥可愁啦，
这儿有馍馍低晚餐，还有些洋葱、梨儿、山楂，
我还留了些坚果和翅果，放在那楼梯下，
——怎么。瞧不起你丈夫备的东西？别的新娘不就吃这
  些吗！"

寒冬的风把他门的烟囱当作号角呜呜吹响，
他们房子的四周远近没一片落叶，孤寂又凄凉。

"那么，我亲爱温柔的小宝贝，今儿早上在伊凡尔教堂里，
我们就在那儿结婚成亲，当时，你怎么会同意！"
——"呜呜！——我怎么知道——哪想到这地方这么陌
  生偏僻，
还不如回家去和我亲爱的老爸住在一起！"

狂风呼啸着扫过开阔荒芜的托勒高地，

只见孤零零一幢暗房子，很少有人来这里。

"我没想到你家里只有这么一丁点儿家什，
头上横梁黑乎乎，脚下石板也脏兮兮，
白镴浅盘让人难受，钢和骨质刀叉令人生气！
烟囱上煤灰黑得可怕。我哪想到会是这个样子！"

门扇嘎吱嘎吱作响，一大片黑烟四下弥漫，
突然有逆风扑往北面，做了次猛烈的席地旋卷。

"坐到炉边来吧，宝贝，让自己情绪好好放松：
亲爱的，别老把小小拇指塞嘴里啃个不停，
我给你唱支好听的歌吧，有可爱的鲜花和蜜蜂，
有幸福的情侣，在树林里漫步正情深意浓。"

狂风呼啸着扫过阴郁荒芜的托勒高地，
只见孤零零一幢暗房子，很少有人来这里。

"好啦，别咬你的手绢了，这会伤着你的舌头，
要是你感到伤心委屈，这全因你还年轻不够成熟，
但你和大家一样会老成起来，这用不了多久，
你会了解我的为人——我不会亏待你让你难受。"

狂风从惠特希山径直掠过本维尔小路，

猛摇着树篱、里程碑、竖杆、草叶和树木。

"唉，亲爱的，要是我知道你会这么不高兴，
我就娶年纪大些的她了，她对我是那么倾心，
但既然我不能再娶她，我只好出海去谋生，
而让你光着脚板回去找你、你、你的老父亲！"

狂风沿这墙上又从那墙下——穿过每扇窗子——
奔腾而过，即主克里木克罗克一路呼啸而去。

"既然已宣誓做你的妻，我——我真不知该说什么，
既然已经来了，看来我得留在这儿——我命好苦！
啊——因你为人善、善、善良，我一定留下和你过，
尽管我宁可待在老家，和我亲爱的老爸一起住！"

狂风呼啸着扫过阴郁荒芜的托勒高地，
只见孤零零一幢暗房子，很少有人来这里。

"这才对了，我的心肝，虽然我们在荒凉的托勒高地，
狂风在烟囱里骂骂咧咧，但我们吃饭会欢欢喜喜！
就别任性地拍鞋子了，快朝我开心地笑眯眯，
你会很快忘了为亲爱的老爸而唉声叹气！"

1901. 12

教堂传奇 [1]

梅尔斯道克，约 1835

她坐在高高长椅上回头张望，
目光扫过西边的楼座，直至
看见那排正依乐谱运弓的琴师，
沐浴着窗口透进的西斜阳光。

她又回头望去，高傲中透着轻蔑，
却见一位琴师奏得特别起劲，
似乎正以琴弦向她发信号宣称：
"我一见就敢说，你是我的一切！"

他们从此心心相印，后来结了婚。
一晃许多年过去，岁月早驱尽浪漫，
每见旧日神态眼色闪现，
那教堂楼座的一幕便浮上她的心：
他，那位热情洋溢、衣着整洁的年轻乐师，
正演奏"伊弗雷姆山"或"新安息日"。

洗礼

他们带它进教堂洗礼，
　它是谁的宝贝？——
见到这可爱的小东西，
人们脸上笑微微，
转过头看了好一会儿。

它的双眼晶亮淡蓝，
　脸颊红若玫瑰，
它那朴素的罩衫，
用白土布和细麻布相围，
还有缎带蝴蝶结点缀。

这古老仪式进行之时，
　因这完美的珍品，
每个人脸上都洋溢
作为人的骄傲自尊，
但他们很快便感到震惊。

从走廊楼梯旁往这儿窥视，

那是谁家的姑娘，
她泪眼微红，笑容苍白，
神情焦虑不安，躲躲藏藏，
似乎不配来到这个地方？

"我是婴儿的母亲；
　那些正人君子
恨不得夺去这宝贝的生命，
因为我的大辱奇耻，
我不得进去参加仪式。"

"婴孩的父亲在哪里？"——
"在远处的树林。
他说除了我，他不愿意
再见到这儿的任何人，
无论在星空下或月夜黄昏。

"在充满柔情的良辰紧紧相拥，
　当美梦成真，
他说，倘能不时相逢，
随心所欲亲近，
他便是世上最幸福的人；

"虽人的生命中注定是

脏乱落拓遭弃绝
卑微的凡夫俗妻，
他说，那是另一码事：
美妙的爱情不计较这些！"

1904

提醒者

我正看着圣诞炉火的光
将屋内映照得通红闪亮，
却有东西吸引我的视线
转向屋外那片冰霜严寒。

那儿，有只鸫鸟正艰难跋涉，
去挨近一只腐坏的浆果，
陷于困境食物少得可怜，
获此浆果它已满心喜欢。

饥饿的鸟儿啊，正当我
有理由为这天感到欢乐，
并将苦难暂且一旁搁置，
为什么偏偏让我看见你！

寿终之后 [1]

J. H. 1813—1904

已没有什么可做，可担心，可希望，
谁也不用再看护、低语、值班、辛劳；
也不必熨平衣上皱痕，将枕头斜放，
　　因她已不再需要。

我们茫然凝视。我们去留已任便；
明日的急切打算全都失去意义；
我们今夜离去，或留下待到明天
　　已没有多少差异。

那一瓶瓶标上字母的药剂药丸，
似乎在问为何将它们放在这里；
每瓶药剂都如一张傻乎乎的脸
　　像是些无用的东西。

然而我们感到一股清新的气息；
心中悄然而生此前压抑着的宽慰；
我们亲爱的人不再困于时光牢狱，

从此已远走高飞。

于是我们渐而明白，她已圆满成功
摆脱了尘世的一切痛苦烦恼，
如此豁达地一想，我们的丧亲之痛
　　无形中减却不少。

1904

1　J. H. 是哈代的母亲杰米玛·哈代，于 1904 年 4 月 3 日去世。

松树栽种者 [1]

马蒂·索恩的遐想

1

我们一起在这里干活儿，
　　无论风大还是风小，
他将泥土铲进坑里，
　　我紧紧扶着树苗。

他丝毫没有觉察
　　我因干这份活计
就没法活动离开，
　　还冻得冷彻心底。

我从他眼中看出，
　　他已发现某位丽人，
他那眼睛看我时就像
　　眼前没我这人。

自从她来过这里，

160

他就一直魂不守舍；
仅仅是为这片林地，
　　他才在这儿待着。

自阳光灿烂的早晨，
　　我就与他在这里干活儿，
他忙着想自己的心思，
　　我也想着我的。

我已帮他干了这么多、
　　这么多天，
却从没有赢得他一句、
　　半句称赞！

我就不该对他叹道：
　　尽管已无希望，
我仍将干活儿，只要与他一起，
　　就会满心欢畅？

不，虽则他从不知道
　　我心中对他的爱，
但我将永远珍藏
　　不做任何表白

2

从这大捆的树苗，
　　我依次取出一株，
将它竖在坑里栽好，
　　永远扎根这土；
然而转瞬之间，似乎
　　担心从此就得
在这儿苦苦挨度
　　吉凶未卜的生活，
它开始发出声声叹息，
　　响在白天黄昏；
尽管刚才卧在地上时，
　　它还默默无声。

它会在清晨叹息，
　　在中午悲鸣，
冒严冬的凛冽寒气，
　　承六月的清风；
哀叹仁慈的命运之神
　　不曾裁定决策，
让它永远不变其形，
　　依然种子一颗，

而将一切杂乱纷扰
　　　统统拒之外部，
无论遇什么干旱、风暴，
　　　再也不需庇护。

这样，为了谁，图个什么，
　　　一切知之未详，
我们将它种在这
　　　荒凉的地方；
它将长在这儿哀戚，
　　　一生充满伤悲，
它无法离开此地，
　　　无法改变这风水；
而当我们蹒跚迟暮，
　　　最后离开人世，
它也无法讲述
　　　我们今天的故事。

1　参阅哈代长篇小说《林地居民》第八章。马蒂·索恩是书中女主角之一。

我们认识的一个人 [1]

M. H. 1772—1857

她说起过去他们怎样跳民间舞蹈——
　　"新桅船"和"狂欢节"——
在镶嵌护板的大厅，有闪闪巨烛高照，
　　或在烛光摇曳的农舍。

她说起跳热情的"环形舞"和"阿勒曼德舞"
　　在地毯、木船或草坪上；
男士女士们站成两排长长的队伍，
　　一对对踏出的舞步花样。

她向我们指点每年竖起五朔节花柱 [2] 的地方，
　　管乐队又在哪儿奏曲，
长裤和花头巾如何相伴旋舞，气喘神荡，
　　互相选择终身伴侣。

她说起很久之前，他们曾那么震惊
　　当听说法国国王遭处决的消息，
那些血腥恐怖，而后是波拿巴·拿破仑

164

他的狂妄野心和傲慢无礼。

他的威胁如何促使南部海岸沿线
　　　紧张备战以抵御入侵，
人们夜夜陷于惶恐，惊惧不安，
　　　唯恐翌晨见他降临。

她说她曾常常听到绞刑架吱吱作响，
　　　闪电时见它晃动不定，
还听见邻近村镇里的小孩，因街上
　　　有人挥鞭赶车，便尖叫不停……

我们以帽护脸，久久凝视炉火余烬，
　　　紧紧围坐在她的膝前——
她细细讲述这些过去的事，并非作为传闻
　　　而是她亲眼所见。

她似乎是一支乐队遗留的琴师，
　　　乐队已远去，不再有人喝彩：
对她来说现今的一切不过是故事，
　　　而她讲述的往事才永恒存在。

　　　　　　　　1902. 5. 20

1   这首诗写的 M. H. 是哈代的祖母玛丽·海德·哈代。可参阅《哈代的早
     期生活》第 231 页。
2   每年五月竖立的花柱，庆祝五朔节时常绕此柱跳舞或游戏。这是英国乡
     村的风俗。

对上帝的教育

我见上帝从她的眼里
　盗走焕发的光彩：
那么悄然得手，无人知悉，
只觉那天她还神采奕奕，
　渐渐便风致不再。

我又见他摘去她的艳丽，
　那百合娇嫩玫瑰红；
她青春的心灵和活力
全落在他冰冷的手心里，
　消失得无影无踪。

我问："你为何这般待她？
　只求哪一天开心
而储存起她的魅力？"他回答：
"不，我才不稀罕，我令韶华
　将它们随意乱扔。"

我说："我们，你可怜的凡人，

把这称之为残忍。"

他沉思："这想法听来很陌生，

的确，虽然我是人类的主人，

却不及他们见解高明！"

未出生者

我在夜间起来，动身前去
　　造访未出生者的洞穴：
我身边围了一大群形体，
纷纷打听出生的消息，
他们早祈求沉默的上帝
　　让黎明来得更快些。

他们眼中闪烁着天真与信任，
　　激动的语调中充满希望：
"那儿最最可爱，难道不是？
那儿尽是欢乐，非常美丽，
是个一切都文雅、真实、公正
　　从不曾有黑暗降临的地方？"

我的心因他们而车阵剧痛，
　　一时想不出话儿可讲，
他们看出我一脸黯然，
似乎读懂了内中所含，
明白了怜悯不忍揭示的实情，

也不便加以否认的真相。

在我默默离去之际，
　　我又转过身注视他们，
他们匆匆出来，那么忙乱急切
进入他们渴望去的世界，
那无所不在的上帝
　　驱得他们如一支溃乱之军。

他杀的那个人

"假若我与他相遇，
　在某家古老的酒店里，
我们完全会坐到一起，
　喝它个痛快淋漓！

"可是一当上步兵，
　面对面怒目相向，
他对我开枪，我向他瞄准
　把他打死在战场。

"我枪杀他，只因——
　只因为他是仇敌，
没错，他当然是我的敌人，
　这非常清楚；但是

"他也许像我一样
　当兵是仓促决定——
失了业——卖光了家当——
　再没有别的原因。

"战争可真是古怪！
　　你将那人枪杀在战场，
可若在酒店，你会将他款待
　　甚至解囊资助他半个克朗。"

乔治·梅瑞狄斯 [1]

1828—1909

四十年前，——当时多少事情
如今都已在记乙中消失——
我曾当面聆听他的声音。[2]

他说话犹如有人吹起
清晨的号角，将人们唤醒，
话语尖锐，却亲切和气。

他的睿智能入木三分，
条分缕析要点和本质，
看透时光终将匋汰的赝品……

最近，当我俩再度相遇，
他脸上依然热青洋溢
如四十年前光彩和熙。

因此，如今当人们说起
再见不到他了，他已葬在青山，

我却相信他仍在那里。

这没关系。因他的话儿依然
悠悠地回响——鲜活又生动，
穿越尘世的污浊和虚无空泛。

---

1   乔治·梅瑞狄斯，英国诗人，小说家。梅瑞狄斯于 1909 年 5 月 18 日去
     世。这首诗发表于 5 月 22 日的《泰晤士报》，即梅瑞狄斯的葬礼举行的
     日子。

2   1867 至 1868 年，哈代曾创作小说《穷汉和小姐》，并投给查普曼·霍尔
     出版公司，当时的审稿人便是梅瑞狄斯。1869 年 3 月哈代曾在伦敦当面
     听取他对其小说稿的修改意见。尽管小说最终未获出版，但那次会见给
     哈代留下了深刻印象。

命运的讽刺

《命运的讽刺》（全名为《命运的讽刺，抒情诗和幻想》）出版于 1914
年，几乎完全由新写的诗组成。全书包括"抒情诗和幻想""1912—1913
年组诗""杂诗"和"命运的讽刺组诗"四个部分，共一百〇六首。全
书约三分之一的诗曾先在期刊上发表。

海峡炮声 [1]

那夜你们的炮声突然轰响，
撼动了我们安卧的所有灵柩，
也震破了圣坛的玻璃窗，
我们以为最后审判已经临头

而直挺挺坐起。狗被惊醒，
声声吠叫凄凉而阴沉：
耗子扔下祭坛上的碎饼，
蚯蚓急忙缩进土墩，

牛也张着口。直到上帝讲：
"没什么，这只是海上演习炮战，
和你们入土前一个样，
这世界丝毫没有改变：

"各国都在竭力称霸逞强，
把战火燃得更红。这些疯子
要说为基督服务，不比你们强，
而这事你们已无能为力。

"亏这还不是最后审判，
也算是他们的造化大，
否则该罚去地狱擦地板，
因他们这般凶神恶煞……

"哈，哈，如果我吹响号角，
那才更热闹（我若真的吹起，
肯定会这样；可你们要睡觉，
迫切需要永恒的安息）。"

我们重又躺下。有人说："我真不知，
这世界会不会更理智一点，
比起上帝送我们入地之时——
比起我们那冷漠的百年！"

骷髅们闻此言纷纷摇头，
我的邻居瑟德利牧师发了言：
"我早当嗜好烟斗啤酒，
悔不该传教传了四十年。"

炮声再一次轰破夜空，
喧嚣着随时报复之心，
这声音远传到亚瑟王宫

斯图尔顿塔和晨光下的巨石阵。[2]

---

1   这首诗写于 1914 年 4 月。当时英德两国海军常在英吉利海峡做炮轰演
     习，四个月后第一次世界大战即爆发。
2   这些地点均为英国历史遗址：亚瑟王是中古传奇中的不列颠国王，相传
     其王宫及圆桌在卡默各特；斯图尔顿是撒克逊王阿尔弗雷德战胜丹麦入
     侵者之地；巨石阵是新石器时代末建造的巨型环状石林。

会合

"泰坦尼克"号失事有感

1

在孤寂的深海之中，

远离了人类的虚荣

和孕育了她的生命的骄傲，她静静躺着不动。

2

钢铁船舱，不久即成

她火蛇般燃烧之薪

穿过冷冰冰水流，化作有节奏的潮水琴声。

3

在一面面明镜之上——

（本用来映照豪华景象）

海虫蠕行——它们冷漠、无声、黏滑、怪样。

4

　　为了追求赏心悦目
　　　欣然设计的珠宝饰物，
毫无光泽地躺着，难以辨识，黑暗又模糊。

5

　　眼睛迷糊的鱼儿游近，
　　　凝视镀得锃亮的齿轮，
发出"这个自负的家伙在此干什么？"的询问……

6

　　呜呼：一这将她设计成
　　　可破浪而行的生灵，
那操纵万物的意志力便在冥冥之中运行

7

　　为她——花团锦簇的新娘
　　　准备了阴险的新郎——
一座冰山，信期尚遥，且天各一方。

8

　　漂亮的巨轮出落得
　　　丰满、优雅又绝色，
冰山在幽暗寂静的远方也日渐巍峨。

9

　　他们似乎毫不相干，
　　　世上没人能够预见，
他们不久后竟会亲近会合成一团。

10

　　或示意他们正前往
　　　行将交会的道路上，
将成为酿成大难的肇事双方。

11

　　终于，造物主一声号令：
　　　"行啦！"于是人人听清
一对新人完婚，两个半球震惊。

来访之后

致 F.E.D [1]

愿你回到这地方来，
你上次的光临犹如绿叶飘过
久旱的山路，沿路陡峭的山坡
　　遮掩了行人脸上光彩。

回来吧，让你的步履
轻如蓟花落于青青草地，
你默默为大家服务料理
　　何须别人赞美的言语。

道旁繁花的淡淡幽香
此时不知不觉渐渐逸散，
彩云飘飞相随时日变幻，
　　我却未留意那奇妙景象。

穿过幽暗的圭廊，
你的脚步悄然无声，我无法分清
那是你的倩影，还是传说中的精灵

在古楼的过道上游荡。

直到你走出阴影，
我才看见你清亮水灵的眼睛
望着我，充满了好奇与聪颖，
　　像是个精灵在思忖：

　　——几乎是无意识的闪念——
"人生"是什么这永恒问题，以及为何
我们在这里，凭谁的古怪法则
　　使最紧要的事无法实现。

1　　指哈代的秘书弗罗伦斯·艾米莉·达格黛尔。1907 年弗罗伦斯第一次到
　　马克斯门访问哈代，以后又多次造访。这首诗写于 1910 年弗罗伦斯来
　　访之后。1912 年爱玛·哈代去世后，1914 年弗罗伦斯与哈代结婚，以
　　后协助哈代作传。

相见或是回避 [1]

我梦萦魂想的姑娘，我该出来见你，
　　　还是待在室内
回避！此时此刻，相见或是回避
　　　会铸成或喜或悲
命运的差异。可不用多久，同是这轮红日
　　　会洒它的斜晖
在我们坟头，到那时，差异又有什么意义！

然而我要见你，可爱的姑娘，
　　　并尽我所能
在这片黑暗幽深的荆棘草莽，
　　　改善我们的处境；
我们正摸索前行，时而为棘丛所伤，
　　　却仍在努力辨明
此去艰辛的行程，以闯出新路前往。

相见只需一瞬，事情一旦确定，
　　　便会成为现实：
无论上帝或魔鬼，都无法变更，

也不可能无视，
而让已奏的细弱音乐销匿无声；
　　　尽管在这人世
总会有些嘀咕，直至被忘个一干二净。

因此，让我们为人间柔情这支
　　　自古演奏至今
绵长悠远从不停息的交响乐曲，
　　　添上一丝乐音，
尽管它微弱得难以听清，却会悠悠飘溢，
　　　永在人间飞声，
作为苍白人生的一份慰藉。

1　　本诗是写给弗罗伦斯·达格黛尔的，于爱玛去世一年后首次发表。

区别

1

我见到残月一钩坠落门边，
乌鸦在松间试唱着古曲，
但月色惨淡，曲调哀怨，
因此地我恋人全然不知。

2

若我的恋人常来这里，
曲儿便转欢快，月亮也会兴奋；
可她再也见不到这门、小径、树枝，
我在此景此曲中也难觅欢欣。

书架上的太阳

学生的情歌

太阳那口大锅又一次
将书架涂抹得鲜红醉人。
那儿是床，这里是书本，
苹果树之影在中间游动。
它沿着无形的轨迹很快游移，
　　随着暮色渐浓，
　　树影便会退隐。

确实：热烈的舞会过后，
我又荒废了一天的功课……
然而荒废——这是我所说？
难道能算荒废——试想有个人，
在群山那一头，用不了多久，
　　当我大功告成，
　　将永远属于我？

1870

188

"当我动身去里昂乃斯"

当我动身去里昂乃斯[1]
　　百里之外的地方，
　　树枝蒙上了一层白霜，
星光映照着我的孤寂，
当我动身去里昂乃斯，
　　百里之外的地方。

当我逗留在里昂乃斯，
　　我的运气会如何？
　　没什么先知能够猜测，
最精明的术士也不敢指示：
当我逗留在里昂乃斯，
　　我的运气会如何。

当我从里昂乃斯归来，
　　眼中充满了魔力，
　　全是些默默的奇思
闪着深邃罕见的光彩，
当我从里昂乃斯归来

眼中充满了魅力!

1870

1　　里昂乃斯是亚瑟王传奇中的地名，约指英格兰西南部的康沃尔郡至英吉
　　利海峡的锡利群岛之间地带，后为海水淹没。哈代于 1870 年第一次去
　　康沃尔的圣·朱里昂，并在那儿与爱玛相识相爱。可参阅《我在那儿发
　　现她》一诗（223 页）的注释。

城中遇雷雨 [1]

一件往事

她穿一件新的赭褐色连衣裙，
因为突然下起瓢泼大雨，
我们仍坐在干而隐蔽的马车里，
尽管马儿已经停下；是的，我们
  坐着没动，温暖又舒适。

大雨很快就停，真让我憾恨不已，
方才遮蔽我们的玻璃车门
一下掀开，她一跃而出，朝家走去，
只要大雨再持续一分钟光景，
  我就会将她亲吻。

1893

1　诗中女人可能是亨妮卡夫人。

失去的爱

我弹奏起心爱的古曲——
　　当我们爱得真挚，
　　这曲调他都熟知——
　　可如今他不停下
　　那坚定不移的步伐，
跨上台阶，毅然而去。

我又把心爱的歌高唱，
　　一会儿就听清
　　他的脚步渐近，
　　仿佛就将停留；
　　可他继续行走，
远处的门随即紧紧关上。

我等候了又一个早晨，
　　等了又一个晚上，
　　心中充满凄凉失望；
　　我枯坐着独自伤心：
　　像我这样的女人

为何在这人世间出生！、

威塞克斯高地 [1]

威塞克斯有些高地，似乎由仁慈的手开辟，
供人思索、梦想、安葬，紧要关头我常去那儿伫立，
比如，东边的英格彭灯塔，或西面的威尔斯颈部，
仿佛那是我生前的所在之地，和死后的归宿。

在低地我没有同志，甚至没有孤独男人的侣伴——
历尽磨难，心地善良的她；能容忍他无力改进的缺陷，
在那儿他们多疑而犹豫，没有人像我这样思考，
在以天堂为近邻的地方不会当啷响起心灵的镣铐。

在城里，具有神秘侦察术的幽灵常追踪我的行止——
他们是早年与我为伴的那些人的影子：
他们紧缠在每个地方，扯些无情、沉痛的话题，
男人常冷酷地嗤笑，女人多刻薄地诋毁贬低。

在那里我似乎背离了自己，过去我那么单纯，
如今却变了，我见他正在观察，想知道什么粗俗原因
竟使他渐渐蜕变成这么个古怪的后继之身，
又是谁与他——我转型中的蝶蛹——具有共同特征。

我不能去那灰茫茫平原，那儿有人影月下悄然立，
除我之外没人看得出，而我一见她心跳便骤然加剧；
我不能去那尖顶林立的城市，有几个身影挡着道儿，
大家都以为她们死了，唯有我见她们稳稳站在那里。

耶尔汉姆山脚有个鬼魂，在大声抱怨夜的降临，
弗鲁姆溪谷有个鬼魂，裹着白尸布，嘴唇薄薄脸无表情，
火车里有个鬼魂，每次我不愿她在附近出现
总见她紧挨车窗，吐出些我讨厌听的闲语怨言。

至于那位罕见的美人，我不过是她脑中的闪念，
我刚进入她的心，就被她更喜欢的另一念头置换，
她甚至根本没有觉察我对她的满腔痴情，
唉，时间能医治伤感的心，现在我能把她忘个干净。

于是我来到英格彭灯塔，或西面的威尔斯颈部，
或在熟悉的布尔巴罗，或在小小的皮尔斯顿绝顶处，
那儿从没有男人光顾，也没有女人与我同游，
于是鬼魂与我保持了距离，我也拥有了一些自由。

1896

　　　1914 年 12 月 6 日，哈代的妻子（弗罗伦斯·达格黛尔）在给一位朋友的信中写道："每当我读《威塞克斯高地》一诗，便感到难过。想到他（哈代）曾承受那么多痛苦，真让我伤心。这首诗写于 1896 年，在我认识他之前，诗中提到的四个女人都实有其人。当时一人已去世，三人还活着——可如今在世的只剩一人了。"

　　　据分析，这四人可能指爱玛（第二节）、哈代的母亲（第五节）、特里费娜（第六节）及亨尼卡夫人（第七节）。

地图上的这个地方

一

    我注视挂在面前的地图——
上面的郡县、城镇、河流，都标示得鲜明而艺术——
    我注意到一块突出的高地，
    紫红颜色，一边有蓝色海洋围住。

二

    ——那是盛夏的一天，干燥而酷热；
当我们在那儿漫步，甚至海浪仿佛也快干涸，
    停在那地方，她相当平静地
    揭示了渐渐会发生些什么。

三

    这悬着的地图展示了那沿海地方
再度出现我们未曾预感的麻烦情况，
    在我看来一切都清楚明确，

她脸色十分严肃，显得有些紧张。

四

一周复一周我俩在灼热的蓝天下相爱约会，
蓝天失去了下雨的能力，就像她的眼中再也流不出泪，
　　仿佛在略施小计，这时她说起
　　是什么将我们的天空射满火红的光辉。

五

整个过程的奇妙和苦恼在于
在理性范畴内本该给我们两颗心带来欢愉的东西，
　　却蒙着酷热悲惨的强光
　　并受着秩序维护者的严厉控制。

六

于是，地图复活了她的话语，那时间和地点，
以及来年春天前我们不得不面对的麻烦，
　　地图上的海滨明亮显眼，
　　那儿的故事又以哑剧重演。

对人的悲叹

当你从时光之穴中缓缓浮现，
在成长中渐渐获得认知自由，
原本无形的泥躯变得匀称而丰满，

人类啊，为什么你会动这念头
这不恰当的需求——创造出我，
与你自己一样的形体——来膜拜祈求？

我的作用、权力和美德
全需得到创造者的认同，
因我的这一切本属虚设，

我不过如幻灯里一条竹节虫
黑暗中依稀映于一片灰幕
仅仅靠放映者才得以生动。

你或会说："如此的创造正适合，
不时可让一颗沉重的心免受煎熬，
人类正需构想出一只施恩座，

设在这悲惨世界的阴暗过道
之上的某个地方，否则他无法忍受
谁也不会沉湎其中的苦恨烦恼。"

——既然你最初绝望时将我造就，
面对阴影恐惧，没有我时你的作为
丝毫未将人们的思想左右；

而如今我已一天天缩小衰颓，
预言家充满杀气的双眼朝我逼视，
那目光几乎要将我打倒销毁，

到明天我将完全彻底消失，
而真相理应大白，人们应该
面对往昔岁月中曾泰然相对的事实：

那便是，人的生存，完全依赖
人类心灵的智慧力量，
和紧密相依的兄弟般的关爱，

与充分展示的仁慈爱心善良
及想象中主动无私的互助互帮。

1909—1910

上帝的葬礼

一

 我见到一支缓缓行进的送葬队列——
人人满脸皱纹，眼窝凹陷，头发花白，腰背弯曲——
长长的队列跟随着穿过暮色中的原野，
前面的人抬着古怪而神秘的遗体。

二

 一下子受这情景感染，
内心深处潜伏的见闻和记忆
早已将我的心境扰乱，
我甚至如他们一样深深感到悲戚。

三

 在我模糊的双眼看来，在前头的遗体，
起先像是人的模样，随即又变成
一团乱云，形状不定又大得出奇，

不时又生出双翅，带着灿烂的羽翎。

四

    就在他们缓缓行进之时，
那遗体变化出种种的虚幻形象：
但自始至终，它都是种标志，
代表着无比仁慈和超凡力量。

五

    我几乎是不由自主地转过身
没说什么话，便加入那行进中的行列；
那队列一路上不断扩大，增加了许多人
他们悲切地哀号着，那话语依稀可以辨别：——

六

    "人类设计创造出的偶像啊，我们
这些后来的人，谁能不发哀伤之声？
何以有这等事呵：我们那么着迷地创造的神，
如今却再也无法保住他的生命？

七

　　"起先我们把他塑造得凶狠又妒忌，
　　随着岁月推移，我们赋予他正义和公正，
　　让他具有无比的仁慈和坚强的意志，
　　以保佑那些遭了厄运并长期受难的人们。

八

　　"我们最初的梦想，及对慰藉的需求，
　　使我们受骗上当，并充满自欺，
　　我们很快将杜撰物当成造物主，
　　我们居然信仰自己想象出来的东西。

九

　　"随着时间永不停歇地悄然流逝，
　　毫不妥协又毫不掩饰的严峻现实
　　损毁伤害了我们创造出来的上帝，
　　他说话颤抖，身体虚弱，如今终于死去。

十

　　"于是，我们在黑暗中倦怠哀号摸索缓行，
　走向我们的神话的湮没和遗忘，
　我们比饮泣巴比伦[1]的人更为伤心，
　他们的锡安山[2]依然是永恒的希望。

十一

　　"那些已逝的岁月，日子那么和美如意，
　以诚实的祷告开始每天的生活，
　黄昏时分便虔诚地躺下休息
　并感到宽慰放心：他就在那天国！

十二

　　"又有谁或什么可取代他的位置？
　迷误者困惑的目光转向哪里
　才能发现不落的星，以激励自己
　朝着伟大事业的目标迈出新的步子？"……

十三

随即我看见在靠后的地方，有些人——
温顺的女人、青年及男人，全都一脸怀疑，
他们齐喊道：‘那是稻草做的假人，
不过是模仿安魂弥撒！他仍和我们在一起！"

十四

我无法支持他们的信念，尽管如此，
我很同情他们，许多人我都认识，
虽然一时说不出话，可我没有忘记，
此刻哀悼的东西，很久以来我也十分珍视。

十五

但我仍认为，如何承受丧失他的痛苦，
对于每个活着的人，是个急切的问题，
我凝眸而望，渐渐见那低低的远处，
似有暗淡而确实的微光闪烁不已。

十六

　　那闪光撑起了夜色苍茫，
　有批离群超然独立的人早开了口：
　"你们可看见天边那微弱的光——
　在一点点亮起来？"哀悼者却一齐摇头。

十七

　　这批人构成了一个群体，
　他们有的出色，许多近乎优秀……
　而我，在光亮和黑暗之间感到困惑迷离，
　只好机械地与余者紧随其后。

1908—1910

1　　指古以色列被巴比伦灭亡，见《圣经·旧约·列王纪下》。
2　　耶路撒冷山名，古大卫王及其子孙的宫殿及神庙所在地。

啊，是你在我坟上刨土

"啊，是你在我坟上刨土；
　　我的恋人？——想种芸香？"
——"不：昨天他已结婚，
娶了个漂亮富有的女人。
他说，'现在我对她不忠诚，
　　再不会把她的心儿伤。'"

"那么是谁在我坟上刨土？
　　我最亲近的家人？"
——"哦，不：他们还坐在那儿考虑，
'栽种花草能有多少收益？
无论怎样照料她的坟地，
　　也无法救她占死亡陷阱。'"

"可是有人在我坟上刨土？
　　我的敌人？——狡诈的试探？"
——"不：当她听说你已跨进
人们迟早得进的地狱之门，
她认为你不再值得她恨，

你躺在哪儿她才不管。"

"那么，究竟是谁在我坟上刨土？
　　说吧，既然我猜得都不对！"
——"哦，是我，亲爱的主人，
是你的小狗，还住在附近，
但愿我在这儿的举动
　　没有打扰你的安睡？"

"哦，是你！你在我坟上刨土……
　　我怎么没有想到
世上还有一颗忠诚的心！
我们可曾发现世上的人
能有那么深的感情
　　比得上狗的忠诚可靠！"

"主人，是我在你坟上刨土，
　　为的是埋一根骨头，
这样当我每天在这儿闲逛
就不至于饿得发慌。
非常抱歉，我竟完全遗忘
　　这是你安息的坟丘。"

发现

我曾漫游在荒僻的海滨，
　　仿佛是个幽灵：
　我曾见山上烈焰腾飞——
　　燃如火葬柴堆——
　还听到巨浪的拍击，
就像远方的炮轰，声声震撼大地。

　因此我从未想到
　　会有爱情之巢，
　遮有凉荫，点着烛光
　　筑在我的路上，
　直至我发现这隐秘的洞穴，
我与她在其中邂逅，我心也为之欢跃。

岁月的觉醒

夜间的鸟儿啊，你怎么知道，
太阳沿着黄道带跑，
顺着其轨道环绕不歇，
如今过了双鱼座之界，
已进入白羊座，足足几个星期，
天上乌云笼罩，如裹紧冷湿的寿衣，
而看看大地的外表，
仍一丝春色也见不到；
　啊，夜间的鸟儿，你怎么知道，
　　你怎么知道？

藏红花根啊，你怎么知道，
你在深深的地下，看不见也听不到，
温度还没有丝毫回升，
这气候生命无法适应，
但阳光在日渐温暖明亮，
白昼也一天天悄悄延长，
正是绝对规律老一套，
过几周暖风必然来到，

啊，藏红花根，你怎么知道，
　你怎么知道？

1910.2

1912—1913 年组诗

旧日情火的余烬

这一组诗共二十一首，写于 1912 年 12 月至 1913 年 3 月，为悼念爱玛而作。副题"旧日情火的余烬"引自罗马诗人维吉尔的史诗《埃涅伊德》，点明了这组诗的主题。哈代夫妇晚年虽失和，但 1912 年 11 月 27 日爱玛猝然去世，使哈代深感震惊悲痛。1913 年 3 月他独自重访当年热恋并追求爱玛时流连的旧地，思绪万千，完成了这些出色的诗篇，表达了对爱玛的怀念及悔恨自责之情。哈代悼念爱玛的诗，一般被公认为英语爱情诗的上品，也是哈代最优秀的诗篇。

伤逝

那一夜你为何毫无暗示：
就说翌日一俟曙光闪现，
你就将平静地起身离去，
结束人生旅程一去不返，
　　而我无法追随，
　　哪怕能如燕飞，
也无法赶上再看你一眼！

　　没轻轻道再见，
　　也未柔声告别，
或以片言只语吐露心愿，
当我见晨光在墙头凝结，
　　我还懵然不知
　　你已与世长辞，
那时刻从此改变了一切。

为什么你要让我离开家，
归来时恍惚觉得那是你
在路口树枝的笼罩之下，

因你傍晚常在那儿站立；
　　直至暮色渐深，
　　困得哈欠不停，
空等无望让人难以坚持！

　　你原先常常等我
　　在西山红纹石边，
你优雅美丽如白颈天鹅，
骑马经过陡峭的比尼山，
　　与我并辔挽缰，
　　朝我沉思凝望，
当生活正展开最美的画卷。

后来我们为何无话可谈，
不想想逝去的美好生活，
不趁你离去前努力重现
昔日的幸福？我们本可以说：
　　"趁此明媚春光，
　　让我们一道重访
往日游历过的每个场所。"

唉！一切无法改变，
无可挽回。必然逝去。
我已犹如死人，纵然苟延

也行将没顶。啊，你又何从知悉：

　　你这么快走了，

　　谁也不曾料到——

甚至我——真让我痛心不已！

1912. 12

你最后一次坐车

你归来时走那条沼泽小道，
望见了前面城里的灯光，
灯光映亮你的脸——谁会想到
一周后这竟成了亡者的脸庞。
你说起光环围绕的美景，
可那光环再不会将你辉映。

你经过道路左边一片墓地，
八天后你竟就在那儿长眠，
当时说起谁会料到竟是你；
过那墓地时你还视而不见，
觉得与己无关，谁知没多久，
你便在那儿树下永远停留。

我没与你同车……要是那晚我
坐在你的身旁，绝不会见到
如我后来瞥见的那副脸色——
眼神游移飘忽，如回光返照，
也不会从你脸上读到这意思：

"我就此离去，前往长眠之地；

"那时你会想念我。但我不知
你会来上几次，到我坟前凭吊，
或你有什么怂法，或许你从此
再也不来。这些我不会计较。
我也不介意你的指摘责备，
甚至不再需要你夸奖赞美。"

确实：你永不会知道。你也不在意。
但我是否因此就将你冷落？
亲爱的鬼魂，在你的记忆里
可有"获益'的念头左右过我？
但还是忍受事实吧，毕竟一样，
你已不在乎冷漠、责备或关爱、赞扬。

1912.12

219

散步

近来你不再伴我散步，
走到山顶上的那棵树，
　　穿过几道篱笆门，
　　像以往那样徐行；
　　你因虚弱酸痛，
　　不再出门走动，
我独自出去，也并不介意，
不觉得是把你撇在家里。

今天我又散步来到山上，
就像前些日子那样；
　　我再次独自
　　往四下俯视
　　这熟悉的大地：
　　那么，有何差异？
只觉心底添了哀痛惆怅，
从此归去将独对一间空房。

坟上雨

乌云对准她
　　无情地发射
　　如箭的急雨，——
此前她定会
　　痛得浑身战栗，
若蒙了奇耻大辱，
要是如箭的雨
如此阴冷笔直
　　朝她直射：

她便不再犹豫
　　而急急加快脚步，
为一头秀发俏容
　　寻求避雨之处，
要是大雨朝她倾泻，
　　那夏日的车雨
　　泻落如小溪，
当浓云夹裹闷雷，
　　小鸟停了鸣啼。

还不如我躺在那儿，
　　让她住在这里！
最好是我们一起
相拥着埋在那儿，
共同经受风雨，
我们会在那儿漫步流连，
当春日阳光明媚灿烂，
　　向晚天空澄澈
　　一年中最美的时刻。

不久在她的坟前
　　会长出芳草萋萋，
雏菊也会开遍
　　如群星撒满在地，
她会开成其中一朵——
啊——那是最美的花朵，
有无比的关爱
及孩子般的欢快
　　相伴她一生一世。

1913. 1. 31

我在那儿发现她

我在那儿发现她，
那无人望见的山坡，
往西陡然垂落，
形成临海的悬崖；
在那紫红的海滨，
波浪汹涌地冲击，
阵阵猛烈的飓风，
摇撼着坚固的大地。

我将她带到这里，
让她安卧长眠，
在一宁静的小公馆，
附近没有海浪拍击。
她在壤土的墓穴中，
决不会被波浪惊醒，
她曾久久听潮声汹涌，
也曾深深对它动情。

于是她的归宿

不在鬼魂出没的高山，
遭大西洋之潮狂撼
和盲目的大风乱扫之处，
从那儿她会经常凝视
廷塔杰尔 [1] 著名的顶峰，
而落日闪耀如炬
便将她的脸儿染红；

她还会连连感叹
有关沉没的里昂乃斯 [2] 的传说，
一绺头发因微风撩拨，
会像连枷拍击她的脸；
或带着一脸沉思
不时地侧耳倾听
那隔着遥远距离
传来的低沉涛声。

但或许她的幽灵
会从地下潜向前，
直至它清楚地听见
西边大海的涛声，
那涛声时高时低，
在她曾定居的地方，
它会激动得满怀欣喜

一颗心跳得像孩童一样。

1　英国康沃尔郡西北部海一教区。据传说，亚瑟王在此出生。
2　参阅《"当我动身去里昂乃斯"》（189 页）的注释。

不拘礼节

亲爱的，你向来便是如此，
正如我所猜想顾虑：
当来宾、朋友或亲人已离开，
为与你相聚我匆匆进来，
你却不留一言撒手而去。

你一旦打算快点儿去
什么地方——比如进城——
我还未及想到这件事，
或留意到你衰弱的体质，
你却早一下子没了踪影。

因此，既然你以一贯的方式
快捷利索地溘然而逝，
在我看来你的用意似乎
正与你向来的作风相符：
"道声再见并没什么意思！"

挽歌

她会多么欢喜
今天聚会！——
戴上雪白手套帽子，
桌椅、托盘、茶杯，
备妥在草坪上，
她笑吟吟两眼闪亮
无比殷勤……可惜
她已幽闭，她已幽闭
　　在友谊难达之处，
　　在那小小坟墓，
　　囚室似的棺木。

或者，她会做女主人
今晚设宴款待，
显得真诚热情，
慷慨而欢快；
家中一切美味，
她会爽快地供给
来宾享用……唉，

如今她已不在，
　　而地下酒无半滴，
　　她又无从得知
　　境况一至于此。

她会像孩子一般，
急切地盼望等待
那羞怯的雪花莲，
在新年到来之际盛开，
还在圣烛节 [1] 时
立于白霜中凝视
大片番红花……倘如
她不因昏睡恍惚
　　错过最喜爱的景观，
　　倘如她未完全
　　处于永恒长眠！

我们留在世间
置身于陈腐因循，
我们无意作乐寻欢，
和盛筵宴请，
她一向乐此不疲，
我们早厌倦不已，
她却从不腻烦！……可惜

她已幽闭，她已幽闭
　　地下，再无缘享受，
　　长眠在紫杉棺柩，
　　万事俱已休。

229

长相随

他以为我不会夜夜来这里：
    如何可使他知悉
无论他想前往什么地方，
    我都会敏捷地同去？——
紧相随离他只不过几步，
    正如我一向所为。
但我无法答复他的话，
    只能倾听他的宽慰！

在我能答复时他却不说这些：
    在我能让他知悉
我多想与他一起游历故地，
    那时他却不想前去。
如今他动身，盼我伴随之心
    远甚于昔日之为，
却再见不到我忠实的身影，
    只得喃喃聊以自慰。

是啊，我伴随他去的地方

唯有梦者知悉，
那儿有胆怯的野兔大步纵跃，
　　秃鼻乌鸦飞来飞去；
一入旧时小径，他便伤感怀旧，
　　虽近如他的阴影所为，
却始终没有力气呼唤他，
　　当我近在故里备感欣慰！

啊，告诉他，我是多好的伴随者！
　　快快让他知悉：
——要是自我去世，他只知叹息——
　　我总在他身旁来去，
告诉他一位忠实的人儿在
　　尽爱情所能为，
而他的故地重游确值得成行，
　　由此可苛来平静安慰。

呼唤

我深深怀恋的女人，你一声声朝我呼唤不歇，
说你不再像先前，变得对我疏远，
而是一如当初，那时你是我的一切，
那时我们曾多么恩爱美满。

真是你的声音吗？那就让我看看你，
像当年我走近市镇，见你站在那里
等着我，啊，你还是当年那样子，
甚至连那身别致的天蓝裙衣！[1]

或许这只是一阵微风徐徐而来，
吹过湿润的草地，来到我这里，
而你已变得毫无知觉，脸色苍白，
无论远近，我再也听不到你？

于是，我步履踉跄往前赶，
这时四周正落叶缤纷，
北来的寒风穿行在棘丛间，

传来她不停的呼唤声。

1912. 12

---

1   在《哈代的早期生活》中，哈代曾回忆起这节诗中提到的情景。

他的来宾

月亮渐落时我穿过梅尔斯托克，
来看看你我住了二十余年的地方：
趁天色未明，正当邮车刚刚开过，
不必大门敞开——那是我们熟悉的景象
　　　　一如以往。

这就是我的故居，如今变化多大！
过去雏菊盛开之处，竖了正式的界标，
屋里粉刷一新，墙上画全部改换，
杯盏已全不同，再没有我喝茶歇脚
　　　　的舒适一角。

我看到仆人们脸色黯淡，
他们不是我衰弱或健康时使唤过的；
全是些生人，他们根本不知我曾是主妇，
从未见我亲手粉刷，听我轻声唱歌
　　　　悠然传彻。

因此我不想在这面目全非的住所逗留，

为见到的截然反差深感窘迫拘谨，
于是我重回梅尔斯托克，不再重访旧地，
我重归于无边沉寂，和那默默的大群
　　　故人幽灵。

1913

一份广告函

作为"合法的代理人",
我拆阅她的这份信函,
寄发者展示服装新产品,
　　广告上件件色彩鲜艳。

这儿有衬衫,用茶时穿的罩袍,
及种种奢华气派的款式,
还有迷人的舞裙,和头饰女帽,
　　商家保证全都新潮入时。

这印刷华美的春装广告函,
是招引哪位高傲的女士?
而她去年前便已衰弱不堪,
　　如今所穿的只是件尸衣!

如梦非梦

为何去圣·朱里昂？那儿对我意味着什么？
　　某些奇异的巫术，
　　诱引得我信服，
我的人生之路，全赖那儿发生的转折。

是的。我曾多少次梦见西部的那个地方，
　　有位少女在那儿住，
　　犹如在闺中深藏不露；
她宽额，褐发，有着迷人的眼睛雪白的肩膀。

我梦见很久前一个晚上，在那必去的海边，
　　发现她孤影悄立，
　　四周有海鸟云集，
正遐想得除了眼前之物，什么都看不见。

那儿的日子多舌美（我记得似乎如此），
　　很快深深吸引我，
　　将她娶来共同生活，
一起度过那么多年。这便是我所梦所思。

然而我眼前却不见圣·朱里昂来的少女；

　　她是否曾来这儿，

　　将生命之光洒在这儿，

我的这位曾长相厮守的人生伴侣？

甚至，是否存在名为圣·朱里昂的地方？

　　或者一个凡伦西山谷，

　　有潺潺溪水浓荫小路，

或那云雾缭绕弥漫的比尼悬崖、博思山岗？

1913. 2

一次旅行后

我到这里来看一个不作声的幽灵，
　　它的奇想将把我，把我引向何方？
上悬崖，下陡坦，直到茫然孤身一人，
　　从未见过的泉水喷涌，令我惊慌。
谁知道你接着会在哪儿出现，
　　到处紧随着我不离左右，
　　　　你的栗色头发，灰色明眸
及脸上玫瑰色的红晕时隐时显。

啊，我终于回到你往日常游的地方，
　　追忆当年情景，旧地重游寻觅芳踪；
朝着把你我隔绝的黑色深渊张望，
　　如今就我们的过去你会吐露些什么心声？
夏日给了我们温馨，秋天又带来离别？
　　还是我俩的晚年，
　　　　你说，不如当初那么美满？
可不管时光怎么嘲弄，一切都已了结！

我知道你在干什么，是想把我引去

我俩在此逗留时熟知的地方——
在那美好的时光，晴朗的天气，
　　来到水雾缭绕彩虹飞扬的瀑布旁，
还有下面的山洞，传来沉闷的声音，
　　仿佛四十年前的声音在唤我，
　　　　那时你生气勃勃，
可不是如今我蹒跚着追寻的幽灵。

晨鸟舔着羽毛，海豹懒懒地跃起，
　　谁来这儿一游，它们哪会知道；
亲爱的，你很快就将从我身边消失，
　　因繁星已关百叶窗，天色已破晓。
相信我吧，尽管人生黯淡，我却不在乎
　　你把我引来，哦，把我又带到这地方！
　　　　我还是与当年一样：
那时我们的日子充满欢乐，鲜花铺满了道路。

　　　　　　　彭塔根湾

回想她去世的日子

圣·朱里昂头发没见花白，
　　比尼悬崖也未颤抖；
凡伦西小河细细一脉，
　　竟仍如往日缓缓流。
博思似乎也未发出
　　哪怕轻轻一声哀泣；
彭塔根湾上白浪相逐，
　　也不闻一丝低语叹息。

尽管这些地方不留心，
　　倦怠地度过她的灵魂
遽然升天的那个时辰，
　　她却在自己的花样年龄
追寻并钟爱这些地方——
　　即便后来蛰居在城市中，
仍常常十分思念渴望
　　一睹它们可爱的面容。

凡伦西小河流水潺潺，

为何不为她哀悼痛惜：
她生前最常去的地点，
　　正是那澄澈宁静的清溪？
博思为何不协若雷鸣，
　　彭塔根湾也不体察感悟
它们以前的好友知音
　　灵与肉相离时那份痛苦？

比尼悬崖 [1]

1870 年 3 月 — 1913 年 3 月

1

啊，碧波荡漾的西海边，奶白石、蓝宝石晶莹，
有女子金发飘飞，骑马立于高高的崖顶，
我对她十分钟情，她对我也爱得真挚忠诚。

2

白色海鸥在我们下方悲鸣，云空下的波涛
仿佛在远方，正忙于它们永不休止的絮叨，
阳光明媚的三月天，高高山崖上响起我们的欢笑。

3

随即一团云把我们围裹，洒落一阵彩虹雨，
大西洋上如蒙了不相协调的斑驳污迹，
但太阳很快又破云而出，往海面上镀一层金紫。

4

　　——古老的比尼悬崖高耸云天，它那奇观美景未变，
　　那个三月天我们所见的美妙景象不久便会重现，
　　如今三月又近，我和她何不再去那儿登临一番？

5

　　临海耸立的神奇悬崖上，奇观美景未变，
　　可那骑马缓行的女子，如今已——在别处长眠，
　　再无法登临比尼悬崖，并在崖顶欢笑，长令我心惘然！

1　　1870 年哈代初访圣·朱里昂时，曾在日记中记下了他与爱玛同登比尼悬崖的事："3 月 10 日。偕爱玛去比尼悬崖。她骑马……登上崖顶……美妙的一天。"

在勃特雷尔减堡 [1]

当我驶近小路与大道的交接处，
　　当蒙蒙细雨湿透了马车车厢，
我回头看那渐渐隐去的小路，
　　这会儿已湿得闪闪发亮，
　　　清清楚楚见那路上，

有我自己和一个少女的身影，
　　在干燥的三月的夜色中隐现。
我们跟着马车在山道上攀行。
　　因小马气喘吁吁迈步艰难，
　　　我们下车以减轻负担。

我们一路说过的话，做过的事
　　已无关紧要，连同随后的一切，——
没有重大缘故，人生不会将它错失，
　　除非希望之火已灰飞烟灭，
　　　感情之泉已枯竭。

那只延续了一刻。但在该山的历史上，

此前此后，如此纯真的时刻
可曾有过？而就个人来讲，
　　纵然千万双捷足登过这山坡，
　　　　如此纯真谁体验过？

亘古的巉岩耸立在山路边，
　　它们在此面对人世的长河，
目睹了古往今来无数的瞬间，
　　但以色彩和形象记录下的过客
　　　　却只有你和我。

在我的心目中，严峻无情的时光，
　　虽然冷漠地挟裹去那个形体，
她的幻影却依然留在这坡上，
　　恰似那个夜晚看见我俩在一起
　　　　依然激情洋溢。

我凝眸见它在那里渐渐模糊，
　　我又回过头透过蒙蒙细雨
望她最后一眼；因为我已半截入土，
　　我再也不可能重新光顾
　　　　昔日动情之域。

1913.3

故地 ¹

没人会说：啊，正是这地方，
多少年前，可以说百里挑一，
尽管三个地方对此均不在意——
诞生了一位美丽的小姑娘——
全家迟早看出，她最可爱温婉；
　　确确实实如此，
　　在很久前那一天。

没人会想：她就睡在那里——
霍山下的小屋，如花蕾绽在枝头，
每当就寝时刻过后不久，
她会倾听断续的钟声奏起
《旧约·诗篇》第 113 首的奇妙旋律，
　　响自圣安德鲁教堂钟楼
　　不论夜晚、凌晨还是中午。

没人会想到这个地方，
勃特雷尔山上，当时马车夫也曾滑倒，
她却毫无畏惧，策马一阵小跑，

红润的脸蛋胜以鲜果芳香，

其时人人惊呼一片嘈杂之声，

　　似乎她定会摔倒

　　（尽管从来不曾）。

不：对于某人来说这些往事，

别人谁也不会去追忆关切，

自有番情味为此地所缺，

唤起的体验胜于重游故地；

对于他，今日已潮落水枯，毫无新意，

　　那急迫的嘁咕不歇，

　　不过是乏味的故事。

　　　　1913.3 于普利茅斯

1　　爱玛出生于普利茅斯，可在她生前，哈代却从未访问过该地。这是爱玛死后，哈代重访故地，并专程去普利茅斯时所写。

幻觉中的骑马少女

1

我认识的一个男人真是古怪奇特：
　　　　他曾来海边伫立，
　　　　忧郁得近乎疯狂，
　　　　眺望着海滩沙地，
　　　　和临海的烟雾迷茫，
　　　　他纹丝不动站在那里，
　　　　目光如凝住一样，
　　　　然后转身离开了……
他如此凝视究竟看见了什么？

2

他们说他见的景象转瞬即逝，
　　　　比今日更清晰，
　　　　那美妙温馨的一幕，
　　　　在靠海的碧绿坡地，
　　　　一度在那儿演出；

是的，他们的口气
热情、真切又关注，
往昔的岁月勾起的是——
他自己幻觉中的一个影子。

3

说起他的幻觉，他们的话不止这些：
不仅仅在那里，
他见到这幕情景，
而是随时随地
浮现在他的脑中，
玫瑰般的佳丽
身影绘在半空——
确实，即便远离那海滩，
他仍深深怀着这过去的幻觉：

4

一位骑马少女的倩影。因冥思苦想，
他日见憔悴萎靡，
她却神采依然，
在他痴迷约追忆里，
她一骑欢颜似当年，

驰在葱茏的坡地，

在那大西洋边

恰似初遇时那样

正勒起马缰对着滚滚潮水歌唱。

1913

玫瑰的魅力

"不久我要造一幢庄园大厦，
　其中包括角楼两座，
　　一条螺旋梯宽阔高矗，
还有口井汲取阴凉清澈的水，
　　是的，我不久要造幢大厦
　　还栽种用以滋养爱情的玫瑰花
　　　以及苹果树和梨树。"

他开始建造那庄园大厦，
　其中包括角楼两座，
　　一条螺旋梯宽阔高矗，
还有口井汲取阴凉清澈的水，
　　他为我造了那庄园大厦
　　又种了许多树一如规划，
　　　然而玫瑰却没栽一株。

因他始终没栽一株玫瑰，
　而唯有玫瑰象征爱情，
　　虽然别的芝竟吐芬芳

这隔阂已使我们不再心心相印，
　　既然他始终没栽一株玫瑰；
　　误解惹出了恩怨是非，
　　　痛苦由此不断产生。

　　"我得消除这些痛苦，"我说，
　　　于是，在万籁俱寂的夜里，
　　　我十分隐蔽，悄然而去，
为让我们的心重新贴近，不再分离，
　　　而栽下一株玫瑰，"这样，"我说，
　　　"或会结束这痛苦的折磨
　　　和情感枯竭度日如年的日子。"

　　可死神却硬把我召去——唉，
　　　我的玫瑰尚未抽新枝；
　　　要是现今我能知悉
他对我种玫瑰有何反应，
　　　而当我已离人间，
　　　他是否，一如当年
　　　将心掏给我又两相欢怡！

　　如今那花中女王或已开放，
　　　我亲栽却未及见其吐艳，
　　　而他，站在盛开的玫瑰边——

双眼低垂愧对我依稀的形象，

　　啊，就在那花中女王之旁，

　　他见到的我，正恍若当年模样，

　　尽管对我说这些已经太晚！

重访圣·劳恩斯 [1]

时光啊，快快倒转！
我又一次渐渐走近
古镇的城堡，趁着黄昏
　　光线暗淡，一切恍若当年。

　　路边的小客栈
对我微笑，为何它未像
上次我来访时那样，
　　让希望时时与我相伴？

　　那时我便发现
这儿的男女都很本分，
客栈老板显得陌生，
　　女招待也局促不安。

　　我曾在这儿租马，
又雇了仆人
伴送我一路步行，
　　去我拜访的人家。

暮色渐暗，
我往前走过
俯临大海的山坡，
　　直至他们的住宅隐隐耸现。

　　如我加速前行
赶向大西洋边的旧地，
此刻他们肯定仍在那里
　　一如当年情景？……

　　可既然明知
他们均已葬于泥土，
从此便化为虚无
　　又何苦空耗思者！

1　　1870 年，哈代初访圣·朱里昂时，圣·劳恩斯是离该地最近的火车站。
　　此诗写于爱玛去世后，哈代重游旧地之时。

在曾经野餐的地方

在面向大海的山腰，
去年夏天
我们曾用树枝荆条
生火野餐。
踩着冬日的泥泞，
我缓缓往上攀登，
去追踪寻找
并很快找到
野炊的地点。

此刻，寒风呼啸，
枯草纷披，
地上残留的枝条
显出烧过的痕迹，
焦黑的残枝
仍撒在草地；
我伫立无声，
那天来野餐的人
只剩我在这里！

是的，如去年一样
我来到这地方，
大海咸涩的气息
从洋面的浪涛径直
传来，一切依稀似去年，
当我们四人在此野餐。

——如今两位已去远，
离开这野草萋萋的山岭，
进了喧嚣的都市，
那儿不会有野餐；
而另一位——已闭上眼睛
沉入永久安息。

麦田里的女人

"你为什么茫无知觉，嘴唇冰冷
双膝湿透，站在湿淋淋麦田里，
而不回附近温暖的家中？"我问。
她答："我曾对他说但愿他死去。

"是的，情急中我曾这样对他嚷，
但我爱过他，现在依然爱得深；
可他真的死了。于是我恨这太阳，
孤独地站在这儿，痛苦又消沉；

"我伫立蓝天之下，在此等候，
等候上天朝我倾落诅咒呵斥，
只见乌鸦折向他的墓地四周，
那儿因我不在而笼罩一派沉寂！"

她指责我

她指责我在多年以前，
曾和另一个女人 [1] 谈得起劲，
就在我们坐的这个房间——

那晚，滂沱大雨下个不停，
敲打着屋顶和下面的道路，
使我的情绪越来越消沉……

——她一个劲儿指责，神色严肃，
目光冷峻，说话尖刻如丘比特之箭，
白嫩的手指还不断点点戳戳。

要是她说得温和蔼然，
不那么大惊小怪刨底追根，
而想想她登台前的痴情缠绵，

那么，一个亲吻便可息事宁人。
但据她说话的停顿和语气，
我知道舞台的帷幕即将落定，

以结束王后与奴隶间的这场戏。

一个国王的自白 [1]

在举行葬礼的那天晚上

告别了缓缓行列、沉沉鼓声、
　　人群的哀悼悲泣
及教堂的簿册、丧钟，我终于可能
　　做完全彻底安息。

我在这世上十年的统治，
　　如今已经结束；
我完成的业绩，未做成的事，
　　一切都清清楚楚。

然而在评估这一切时，
　　我却难以接受
有些人对我爱戴备至，
　　反让我心生愧疚。

另有类人，却又责备求全，
　　只凭理论的见解，
做出他们的评价判断，

要求帝王完美无缺。

许多人都曾梦寐以求
　　黄袍加身的机遇，
唯有亲历过的人方才参透
　　此中的甘苦不易！

我曾尝遍佳肴珍馐、琼浆玉液，
　　一生荣华尊贵，
从第一阵恭迎的欢庆鼓乐，
　　到举国哀悼伤悲。

帝王所享的一切尘世欢娱，
　　我已尽享无遗，
花样翻新无休无止的穷奢极欲
　　直到令人厌腻。

但白天的操劳，夜间的紧张焦虑
　　给君王平添烦恼，
任你保持平和心态亦无济，
　　这些我也已知晓。

因此，我想，要是能回到人世
　　重新开始生活，

我宁可过普普通通的日子，
　　做平民百姓一个。

因为，与他们一样，君王也
　　不可能随心所欲，
又怎能将自己的新的见解
　　视若金科玉律。

某些东西紧紧缚住君王的手，
　　这情形自古相同；
正是这些决定并塑就
　　我和我的行动。

1910. 5

1　维多利亚女王之子爱德华七世于 1910 年 5 月去世，在位不到十年。这
　　首诗写这位国王的幽灵在举行葬礼之夜的冥想，诗中哈代借国王之口，
　　坦陈自己的思想：不稀罕荣华富贵，而宁过淡泊宁静的乡村生活。1927
　　年哈代还说过：如真能再活一次，他宁愿在乡村小镇当个小小的建
　　筑师。

假如你曾哭泣

假如你曾哭泣，假如你眼泪汪汪来我身边，
一双明亮的大眼里泪水晶莹，犹如黎明般清纯，
那么，坏消息驱走的一切欢乐就会纷纷回返，
新的开端，清新美丽的天空会将扭曲的事儿熨平。
可你偏不示弱，不愿动情地依赖别人，
每当我挨近，你便控制自己而变得矜持沉默；
啊，尽管在不时掀起的风暴中，你我的心
同样深深痛苦，可我从未见你有泪滴落。

刚强的女人其实最脆弱，柔弱的反而刚强；
女人借以取胜的最有效武器，你却从不采取，
在漫长痛苦的时刻，你就不能、不愿任泪流淌？
莫非这才能从未赋予你，抑或为你所拒？
那个晚上或第二天当我坚持着不肯宽恕你，
为何你不学那些泪落如雨的女人，和我大闹一场？
你太多愁善感，以致无药可治你的哀痛悲戚，
还造成我们深深的隔阂，隐秘难消的痛苦悲伤。

不用为我遗憾

不用为我遗憾，
在阳光和大树下面，
我正无忧无虑，沉睡安然。

快捷如同光线，
我飞翔，若仙女一般，
痴迷地遨游，不惧怕夜晚。

我竟全然不知
青春转眼衰退消逝，
还以为韶华会永远如此。

我在晨间欢蹦，
在金黄谷物间穿行，
觉得诞生真是美好荣幸。

傍晚我会转悠，
在成堆的麦垛四周，
心想："我不哀愁，因而无物哀愁。"

苹果、洋李、梨子，
很快便将成熟上市，
农夫将欢唱，秋虫也奏曲。

你将再次畅饮
苹果美酒格外香醇，
并举行野餐，但我不会光临。

愿你尽情唱和，
连杯盘也共鸣配合，
我们野餐时常常唱的歌。

愿你舞步轻举，
合着三拍子浪漫曲，
双双起舞，忘却痛苦忧郁。

不用为我哀伤
在变黄的大树下方
我将安然沉睡，把一切遗忘。

月亮在窥探

1

　　我已再度升起
　　以我清凉的光
　　透过你的窗
　　悄悄地审视
　　你仰起的脸，
　　你在想，"啊——她
　　在她遥远的家
　　正将我思念！"

2

　　在她遥远的家
　　我透过窗窥视
　　她收拾起梳子
　　心里在说话，
　　"一小时后上路；
　　将遇上什么样旳人？

会不会男人亲近，
而女人尖酸刻毒！"

针线盒

"瞧这个针线盒，亲爱的，
　　是我用上等橡木做成。"
他有一手细木工绝活儿，
　　而她刚从城里嫁到乡村。

他把这礼物递给她，
　　她走上前来面带笑容，
高高兴兴对丈夫回答：
　　"这盒儿够我一辈子用！"

"保证没问题，还不止呢。
　　这盒子用的是边角料，
给约翰·韦沃德做棺材剩下的，
　　他为何死去，谁也不知道。

"你看这儿的鳞状木纹
　　似乎到盒边已经中断，
其实却继续向前延伸，
　　连着那棺木伴他长眠。

"我干活儿时禁不住思量：
　　木料也有不同命数。
这一寸在人们生活的世上，
　　下一寸却就进了坟墓。

"为什么你脸色发白，亲爱的，
　　还把脸儿转向一旁？
你不至于认识那棒小伙，
　　虽说他和你该是同乡？"

"虽然他和我来自同一城市，
　　我又怎么会认得他？
因他早早离开了那里，
　　而当时我还没有长大。"

"噢，那么，我早该想到，
　　准是这一点吓坏了你：
我给你的是这片木料，
　　相连那片却在坟墓里？"

"亲爱的，别小看我的智力，
　　纯粹偶然的事情
从不会影响我的心理，

而让我神志不清。"

　但她的嘴唇仍苍白、发颤，
　　她的脸仍躲向一旁，
　仿佛她不仅认识约翰，
　　还知道他死的真相。

命运的讽刺组诗

以下十五首诗，即用作该诗集书名的《命运的讽刺》专辑。哈代对这辑诗曾感到不安，当它们在《双周评论》上陆续发表时，他致信亨尼卡夫人说："我肯定，你会记住，作为讽刺诗，它们是太冷酷了。我根本没想表达任何自己的情感或观点。这些诗是以我二十年前的笔记写成的，我觉得这些材料更适合写成诗。"（《一位罕见的美人：哈代致亨尼卡夫人的信》）1914 年 11 月诗集出版后，哈代曾写信给友人，表示后悔将该辑诗收入其中。在后来的版本中，他将原本排在诗集最前面的这辑诗移到了全书末尾。

邀客用茶

水壶发出悦耳的嘶嘶响声，
年轻妻子审视着她的丈夫，
然后目光又移向他的客人，
脸上掩饰不住心中的嫉妒，
来访的女宾显得春风满面，
赞叹从未见如此高雅房间。

年轻愉快的主妇哪里知道，
身旁的女宾是他初恋情人，
直到命运注定得分道扬镳……
客人却不露声色沉着镇静，
一脸微笑坐在那儿抿着茶，
他则眼含热望不时地瞅她。

在教堂里

"让我们赞美上帝！"他结束了布道，
激动的声音在屋顶回荡；
人人屏息无声，看他打躬哈腰，
激情充满了拥挤的教堂。
牧师飘然回到更衣间，
关上门，他想，没有人会看见。

这时候门悄悄推开了，
进来一个圣经班的门徒，
她崇拜他，认为他毫不虚伪做作，
只见她的偶像一脸得意地笑着，
正站在穿衣镜前重演布道的一幕，
那犹如哑剧般的手势和表情
曾打动多少善男信女的心！

在她姑妈的坟前

"每星期六便士，"姑娘对情人说，
"姑妈把钱带给我，因为她认为
世上可信赖的人，只有我一个，
这钱用来在她死后建个墓碑。
那是去年六月的事，至今已一年，
我还没为她立碑，得马上去办。"

"我亲爱的，这笔钱现在在哪里？"
"噢，藏在我钱包里……姑妈这点钱
攒了那么久——差不多八十个星期。"……
"把它花了吧，"他建议，"她已没法管。
今儿晚上有舞会，就在干草墟。"
她顺从地点点头，便一起往那儿去。

在新娘的闺房

"他若正是我们中意的那位就好了!"
她母亲叹道。新娘已穿上一身嫁衣,
冲着她的母亲,话语中不无怒气,
"那你们当初为什么那么迁就我,
不为我的终身考虑而坚持到底!"
那母亲惊愕不已:"哎呀,宝贝哪,
还不是因你苦苦恳求非这位不嫁!"

"但你和爸爸态度本该更强硬!
自那以来,我有苦说不出,总算发现
你们选择得对,是我看错了人;
比起我拒绝的那位,这人简直是笨蛋……
啊!——他西装领上佩着玫瑰走来了。
天哪——看来我没有办法,只能嫁给他了!"

在一海滨胜地

某男士和他朋友在一海滨胜地，
悠闲地坐着抽烟，眺望那海湾，
只见远方左侧一片白垩色峭壁，
在白天渐逝的光线中笑容惨然。
这时有人群笑着闹着闲逛经过——
那是对漂亮的人儿及其一伙。

"那漂亮自豪的一对，"男士对朋友说，
"下星期就将结婚……可他哪会想到
我曾接连几十个白天黑夜
轻轻爱抚她的脖颈，将她拥抱，
还解开她的袖口，抚摸她的臂膀……
哈，乐极便蒙在鼓里：损害无法想象！"

在墓地

"你可见那些母亲在那儿争吵不止?"
公墓的看墓人这么说,
"一个哭叫:'躺在这儿的是我的孩子!'
另一个喊:'不,是我的,你这伪善的家伙!'
又一人嚷着:'你竟敢将我的花挪开,
而将你的摆上我家的墓台!'
可她们的孩子全是在不同时间
下葬的,就像罐装鲱鱼拥挤不堪。

"后来,总排水管道须在这儿铺设,
因此,几天前我们已将这批墓迁移,
将它们连同另外的几百个
移在大沟内。可墓主的亲属们全然不知,
他们为寄托哀思排解痛苦,
仍在这新铺的排水管道上哀哭!"

在窗外

"我的手杖!"他叫道,在巷中转过身,
走向他刚刚离开的房屋,那窗闪着壁炉火光,
只听得屋里传来一阵阵悍妇的骂声,
他看见里面正是那位他选中的姑娘
正两眼冒火站着,大声呵斥她的妈,
为着他在场时她说过的几句话。

"我终于透过伪装看清了她的灵魂!"
这男人想道,他原先爱她远胜于自己;
"天哪! ——我差点落入罗网,这多么侥幸——
我的名贵瓷器结果竟是陶制的玩意儿。"
他的脸一阵阵红,像感到羞惭一样,
随即悄悄离去,不再去取回自己的手杖。

在书房里

他走进来，只见椅子边上默默坐着
一位脸颊瘦削的女士，是个生客，
浑身透着腐酸的贵人派头；
从一些小小迹象他不难判断
她来这儿前还没进早餐。

"我来拜访——但愿没找错——
是想为我所拥有的，
数十卷著名神学家的专著
物色个买主，这些书——
是家父留下的——尽管出售它们
很令我懊丧。"她微微一笑，
似乎丝毫不知自己的潦倒窘困。
"但说实话，因我酷爱艺术，
我常常希望能将我的家居
布置得优雅而富有情趣，
正用得上这些古色古香的书。"
她依然一脸轻松，眉眼莞尔，
似乎卖书不过是闹着玩儿，

似乎，说真的，她的日子
还不至于又酸又苦，山穷水尽；
而依然鲜艳甜蜜，无须掩饰
家中已一贫如洗的实情。

在圣坛栏旁

"我的新娘不会来了，唉！"新郎哀叹，
一纸电报在他手中簌簌抖动。"我承认
这婚事太仓促，那次我独自去看牛展，
我们在舞场里相识后一见倾心，
第二天晚上我们就约会在喷水池旁，
在半圆形大街往外延伸的地方。

"嗯，她赢得我的好感，诱使我向她求婚，
——或许这太愚蠢！——求她离开城里的
花花世界，来乡下过日子，当个农民。
她答应了。我们便订了婚。如今她却说：
'亲爱的，你真可爱，为我备好了窝，
但急速短促而欢快的生活更适合我。
你根本不知道我是怎样的女子，
我初尝禁果时你还乳臭未干呢。'"

在新婚洞房

"啊，那支销魂的乐曲！"新娘像个幽灵
穿着花边睡衣，从床上猛然坐起。
"怎么回事？"她新婚的丈夫惊问，
只听得外面有乐队高奏不已。
"我天真可爱的宝贝，这是镇上的乐队
为我们喜结良缘而欢庆赞美。"

"哈，你知道什么！这是那支热烈的舞曲，
我与我的情人靠随此曲翩翩起舞，
旋舞时我曾发誓除了他，这一生一世，
再不会有人可分享我的吻，我的幸福！
他将我主宰，令我全身心欢快无比，
和你拥抱时，我只觉得是在他的怀里！"

在饭馆里

"听着，如果你留下，孩子出生，
就混充你丈夫又添一子，
而如果出逃，那我们
到哪儿都会遭嗤笑蔑视；
孩子一生会受尽奚落，
我觉得私奔实在是下策！"

"唉，亲爱的，女人的苦楚
你哪里知道！时时刻刻
担惊受怕，唯恐事情败露。
我怎能搂他过夜，在此耽搁！
就让孩子没有地位名分，
让我们走，去承受耻辱，直面命运。"

在服装店里

"亲爱的，我站在店铺后边，
　　而你没有看见我。
嗯——等他们送来向你展示的衣装时，
　　我再也看不到了，请相信我!"

他频频咳嗽。她脸色发白，说道，
　　"哦，我没看见你进来——
你为什么不吱声?"——"嗯，不。我很快离开，
　　不想让你发觉我也在。

"你在挑选漂亮衣衫。'某位寡妇
　　很快需要最流行的时装;'
我知道倘遇上这位不久便将冰凉，
　　变得灰白　再钉入棺材下葬

的男人，而未及试穿所说的新衣——
　　'居丧可穿的最新流行衫,'
你会多么扫兴。因此不给你添痛苦，
　　我离开，任你去尽情打扮。"

临终之际

"我愿坦白——既已毫无希望——
而后告别人世……他上了战场，
可对我与她的暗中私情，
当时他早已有所风闻。
于是有天晚上他像个幽灵
偷偷溜回家，当时我恰已挨近
她的住所。唔，我便将他杀死，
并偷偷埋了。谁也没注意这事。

"第二天传来了战况的消息，
说是他失踪了。我急忙前去，
赶到那儿，装作去战场搜索，
并捎回口信，说搜寻有了结果，
他已牺牲，但因孤单离群，
又裸露尸身，遗体无法辨认。

"但她因此起了疑心，爱渐衰亡，
我从此失尽天上人间的希望；
我的大限已到，宿债须偿还，

虽然在我心中，爱的烈焰始终高燃。"

隔着灵柩

她们相对而立，中间隔着灵柩，
一边是首任老婆，一边是二任妻子，
死者曾先后是她俩的配偶，
他似乎正冷漠地听着陈旧往事。
——"我哭过了，"第一位说，"你感到惊奇?"
"确实，"第二位说，"有点儿不可思议。"

"行啦，有一句话我非说不可!……
就是因为你，我才和他把婚离——
当时看来我必须那样，没别的选择;
可现在我已老了，且把真相告诉你，
因他已死去，我的日子也不多了，
要是行的话，我才不来管你俩的事!
我们两个，都瞧不起褊狭保守的怪样，
一辈子却活得像夫权时代的婆娘。"

在月光中

"哦，孤独的工匠，你站在那儿出神，
为什么你只盯着看她的坟，
仿佛别的坟墓已不复存？

"如果你那双瘦得凹陷的大眼睛
闪着这僵尸般寒月的光强求她的灵魂，
或许你会很快唤起她的幽灵！"

"嗨，傻瓜，我宁愿在此观看土坟，
也胜过看世上那些活着的人；
但是，唉，我却再体验不到这份欢欣！"

"啊，她无疑是你深深爱着的女郎，
不论命运好坏，一起经受风霜，
她一辞别人世，你的太阳也陨落消亡？"

"不，她是我不曾爱过的女人，
所有别的人都比她高出几分，
她的一生我丝毫也不曾关心。"

瞬间一瞥

《瞬间一瞥》（全名为《瞬间一瞥及杂诗》）以诗集第一首诗的题目为书名，出版于1917年，共一百六十首，是八部诗集中收诗最多的。其中大部分写于第一次世界大战期间，内有十七首自成一辑，以战争和爱国主义为主题；有十首属悼念爱玛的诗作，其余不少作品回忆与爱玛相恋和初婚时的情景。除了战争和爱国主义题材的诗篇外，别的诗几乎都未发表过。

瞬间一瞥

那把镜子
将人们变得透明，
　谁握着那把镜子
并要我们将你我赤裸的心胸
　　看个分玥？

　那把镜子
魔力如箭穿透人身，
　谁举着那把镜子
并掷还我们的灵魂和心，
　　直至我们吃惊？

　那把镜子
在痛苦的夜里能够照映；
　为什么那把镜子
在世界苏醒时却蒙上色泽，使我们
　　无法将自己看清？

　那把镜子

不知不觉中能检验世人，
　　是的，那奇异的镜子
能捕捉他临终的意识，善或恶的一生，
　　照一照——露什么原形？

我们坐在窗口

博恩茅斯，1875 年

我们坐在窗口朝外看，
正是圣斯威辛瞻礼日 [1]，雨丝
如帘垂落。每道檐槽和落水管
都在喋喋不休地诉说
　愚蠢无聊的话语：
那个圣斯威辛日，她与我
待在屋里，似乎没什么可读，
　没什么可消磨。

我们讨厌这雨，厌烦自己，
因我不知，她也无从推测
她读懂猜出我多少心事，
我又知几许她的心
　并为之称誉。
两人的大好年华白白失却，
荒废太严重了，那个七月
　当大雨下个不停。

1   圣斯威辛（800?—862）是英国基督教教士，曾担任温切斯特主教
     （852?—862），据说其瞻礼日（7 月 15 日）如下雨，即有四十天连续
     阴雨。哈代夫妇于 1874 年 8 月结婚，第二年曾在博恩茅斯暂住。

在说出"再见"的时候 [1]

她像只小鸟降自云空，
　　停落在冷湿的草坪，
在熹微晨光中独自走动，
　　没披戴什么头巾。
为了与我馈别，
　　室内点燃了蜡烛，
这使户外的一切
　　显得怪异，幽灵般虚无。

离别时刻本身便恍若幽灵，
　　当时我似乎以为
这一别再也不可能
　　有与她重逢的机会。
我没看出一切都在飞快变化，
　　自我们出生至相逢，
那向来操纵我们的"计划" [2]
　　终于发挥了作用：

当时我压根儿看不透，

这会是一部戏的序幕，
也没想到从这小小起头，
　　命运将描绘什么画图；
于是我站起来，仿佛受了
　　无从抗拒的某种驱策，
我穿过玻璃门向她走去，
　　她还独立于苍灰的晨色。

"我得动身了……再见了！"我说，
　　当我跟随在她的身后，
从树枝密密遮盖的小巷穿过；
　　"我得马上就走！"
即便那时，只要加羽毛一支
　　或许就倾翻了爱情的天平，
　　——但当我们一起进屋时，
　　她的半边脸颊一片绯红。

1　这首诗回忆初遇爱玛，依依不舍吻别的情景。
2　指操纵人命运的"冥冥中的主宰力量"。可参阅《自然界的询问》（27
　　页）。

致月亮

"你见到些什么，月，
　　在你年轻时，
　　那已过去好多日子？"
"啊，我曾见到，常常见到
　　崇高、甜蜜
悲痛、恐惧，无论白天黑夜，
　　在我年轻时。"

"你在想些什么，月，
　　当你巡游在天
　　如此孤高且又辽远？"
"噢，我在想，常常在想
　　生长、腐烂
人类的兴衰、疯狂、晕厥，
　　当我巡游在天！"

"你曾否深感诧异，月，
　　当你在天上转动，
　　独自沉思，关于地球的种种？"

"是啊，我诧异，常常诧异
　　声音响彻天空
传入我耳，据说是人间的音乐，
　　当我在天上转动。"

　"你对此有何高见，月，
　　随着你匆匆而去？
　　人生究竟有无意义？"
"嗯，我认为，常常认为
　　人生是台戏，
上帝该早早将它了结，
　　随着我匆匆而去。"

致莎士比亚 [1]

莎翁逝世三百年后

令人困惑的天才，最难破解的课题，
你的一生平凡普通，没留下
什么个人遗迹或私下谈话
除了文学梦想艺术才思
　　其余所剩无几，
你的内心仍将永远不为人所知。

尽管人生短暂，你留下的作品
如今却遍及人寰，生机蓬勃，
充满活力，永远不会湮没，
而且，如风一般，事先不曾期待
　　却随处而生
在任何道路上强劲浩荡，畅行无碍。

然而，在你弥留之际，镇上的时钟
那无知的声音，依然报着时辰，
艾玛河也如往日映出塔楼的侧影，
丧钟声依你的享年一声声敲响，

仍与旧规相同
和别的居民去世的丧钟没什么两样。

丧钟敲响时有人（或许，正遇上
某位坐车去商店的乡绅夫人
因她顺便问起）会提到你的大名，
还说："是的，一位富裕而可敬的长者。
　　虽然，对我来讲，
我与他只不过是泛泛之交，真的。

"我相信，除了些传闻，没人知他的详情，
他一生忙忙碌碌，几乎都住在外地，
虽然他确实将夫人留在我们这里。"
——"嗯，是个生意人的儿子，现在我想起来了……
　　我听说过，他很聪敏……
我们不了解他……喂，日安。人嘛总是要死的。"

于是，如我们有时见到一只神奇的鸟，
和谷仓门边一窝雏鸡混杂一起，
随即飞离平平常常的鸡窝转眼消失——
融进人类的诗，我们不知你的奇思妙想
　　起自几重云霄
却耀如明星，永远在那儿放射光芒。

1916

仲夏之夜

我懒懒剪取一段欧芹，
对着明月吹上一曲，
我没想到会惊动什么鬼魂，
随着曲调颤巍巍举步前趋。

我来到溪畔，跪着伸出手，
仿佛要从溪中掬水解渴，
隐隐约约像有人影站在我身后，
他脸上却是一副旧时神色。

我未加斟酌，随意吟哦不甚叶韵，
未考虑我的诗会成什么样子；
这时耳边传来一个声音
为我化出更柔和优美的诗句。

失明的鸟 [1]

你还能如此热情歌唱？
上帝居然会准许
让你受这么多委屈！
双目失明却依然飞翔
竟是为赤红的针所刺，
我伫立着纳闷何以
你还能如此热情歌唱！

如此受委屈而不怨恨，
忘却你的极度悲苦，
永陷于黑暗的劫数，
摸索着度过漫长一生，
遭受了烧灼刺痛，
又因于无情的铁丝笼，
如此受委屈却不怨恨！

谁具仁慈之心？唯有此鸟。
谁久久受难而仍善良，
尽管失明，活着犹如遭埋葬

却并不发怒气恼？
谁忍受一切仍怀着希望？
谁毫无恶念只知歌唱？
谁圣洁如神？唯有此鸟。

风传话

风儿在长空到处传言，
　有些话透过薄暮
传到我耳边："抬起你的双眼，
　看看这棵受难的树，
它摇晃着身子正在抱怨；
　它是你四肢的一骨。

"还有，不会说话四处藏匿的动物——
　无论野生或已驯化，
还有，你们人类数不胜数——
　无论是说同一种话
或大不相同——包括身材、皮肤，
　都是同类不属一家。"

我往前走去，心中升腾起
　难以言说的敬畏，
从人类承受的一切巨痛里，
　我感受到他的可怜可悲：
因为他一贯杀戮、破坏、压制，

这无异于自杀自毁。

自由雕像

老兄，看你忙着擦拭这座
　　竖在城市广场的自由雕像，
我自大清早起就一直见你忙活不停，
　　显得格外留恋，
　　还含几分伤感，
已让蒙垢的雕像恢复了漂亮的原样。

你用满桶的水，和拖把刷子
　　洗尽她身上的龌龊，
她是在烟尘弥漫的冬季蒙上污垢，
　　那么凄凉可怜，
　　只能默默无言，
显得比实际年龄苍老许多。

你以慈母般的细心，为她清洗——
　　从头顶、肩膀、胳臂到双脚，
甚至她披的长袍的每一道折边——
　　非常老练、熟悉，
　　又十分谨慎仔细，

直到灰黑的污水汇成长长一条

　　小溪，流过人行道，漫到街上，
　　　　而她已亭亭玉立，一身洁白如雪；
我估计你是市政部门招来的雇工，
　　　　也许一年为期，
　　　　或者偶尔一次，
来将雕像擦洗清洁？

　　"哦，我可不是市政府雇佣来
　　　　清洗城里的雕像的。
我擦洗这一座，作为自愿履行的义务，
　　　　并非为了挣钱，
　　　　也不是被迫这么干，
而是想干这活儿。"

　　啊，那我要把你看作朋友兄弟！
　　　　自由像神圣的骑士。
你干的正是我想做的事，
　　　　真的，确确实实，
　　　　彻彻底底，
要是我具有你那种勇气！

　　"噢，我关心的不是雕像的塑形，

自由像对我没什么魅力；
自由不过是无所事事者的幻想，
　　空洞、危险、有害，
　　通常邪恶败坏，
尽是些不可能实现的事！

　"是对女儿的记忆把我——
　　引来这里——我那可爱的女儿。
她成了一位著名雕塑家的模特，
　　她长得美极了，
　　实在是难得：
这尊雕像便是以她为模特儿。

　"但是，唉，未等我经人提醒，赶到
　　她的身边，她便已死在这远离
家乡的地方！……出于对女儿的爱，
　　为保护她的美名，
　　还她清白的名声，
我为她做这番清洗。"

　我站在他身旁，没再回话。
　　其实正是我将这尊像雕刻。
他的孩子，我的模特，被视为如此圣洁，
　　外形庄重高贵，

本性却粗俗愚昧，
早丧生于罪恶的场所。

我像幽灵一般游移

我像幽灵一般游移，
因为人们不愿目睹
我裸露的血肉之躯
　一如大自然所塑。

于是我不露形体地造访
一个个阴郁不和的住户，
想弄清让人具有思想
　是不是上帝的失误。

接着我遇见你，便觉犹豫，
心想：假如这是失误，
如某些人所说．那么，这过失
　我完全承受得住！

题莫扎特降 E 调交响曲某乐章

让我重温那季节，
  青春焕发的六月，
 我们沿草地和高山飞往北方！——
啊，向着如此的清新、晴朗、丰满、美好、自由，
  爱吸引着生命前进。

让我重温那一天，
  从海湾的沙滩
 我们一同眺望动荡不安的海洋！——
啊，向着如此的翻卷、起伏、喧腾、上涨、退落，
  爱吸引着生命前进。

让我重温那一刻，
  站在高塔的尖顶之侧，
 我们忧虑着未来，相对凝望！——
啊，向着如此的预感、沉思、悸动、恐惧、祝福，
  爱吸引着生命前进。

让我重温那一瞬，

那个短暂的初吻，
　　远离欢腾的人群，在杨梅树旁！——
　啊，向着如此的鲁莽、急切、珍奇、浓郁、成熟，
　　　爱吸引着生命前进。

什么东西在轻轻拍击

什么东西在轻轻拍窗上的玻璃，
　此刻根本无雨也无风；
我往那儿望去，在黑暗里
　看见心上人困倦的面容。

"真等厌了，"她说，"我一等再等，
　从早上、中午、下午、到夜晚；
我孤零零在床头多么冷清，
　我想你该很快来到我身边！"

我站起身，走近了窗台，
　但她的面容早已消失，
只见一只灰白的飞蛾，唉，
　正往窗上扑打着双翅。

1913. 8

伤口 [1]

当我爬上山顶，
　遥望西天迷蒙，
夕阳卧于云层，
　宛如伤口血红：

恰似我的伤口，
　世上无人知情，
因我从未泄漏
　这伤痛彻我心！

1　类似的意象也出现在小说《德伯家的苔丝》中："西下的太阳，她现在
　看着，都觉得丑恶，好像是天上一大块红肿的伤口。"（张谷若译）

牛群 [1]

圣诞前夕，十二点整。
　"现在它们都在下跪，"
一位长者说，这时候我们
　正坐在壁炉前紧紧相围。

我们想象那温驯的动物已
　待在它们居住的草棚，
我们中间没有一人怀疑
　它们当时正跪在其中。

如此美好的幻想，在这年头里
　谁会去编织！然而，我想，
要是有人在圣诞前夕建议，
　"走吧，去我们童年时熟悉的地方，

"在那河谷旁偏僻的农场
　去看牛群跪在草棚里，"
我会在昏暗中与他同往，
　并盼望情况果真如此。

---

1   这首诗写的是起源于欧洲中古时代的一种迷信，说圣诞节前夕半夜，牛
群会在牛棚里跪着迎候耶稣的诞生。哈代在《德伯家的苔丝》中也写到
了这一民间流传的说法，可参阅该小说第十七章中，奶牛场老板理查·
克里克所讲的每勒陶的老头威廉·杜威的故事。

照片 [1]

在万籁俱寂的深夜，火焰
一丝丝爬上照片，当它被扔在炭中，
　　　火舌扫过胳膊外沿，
顺着上等丝衣之边，
啃噬着娇嫩丰满毫无防卫的前胸。

我发出惨痛的喊叫，移开了目光；
使我悲哀又深感惊奇的是：
　　　我无法忍受这一景象：
但我不能不留意，便又偷偷地张望，
直至火焰把她的胸脯、嘴唇和秀发全部吞噬。

"谢天谢地，"我最终说，"她已一去不留！"
使我惊呆的事情一旦完成，
　　　我顿时觉得如释重负，
昔日所摄的照片已化为乌有，
纸上人影只剩灰白幽灵。

她是早已隐于久远岁月的女人，

不知是生是死；已从我视野消失，
　　这几乎让我落泪的事情
不过是偶尔清理生活中的废旧物品，
我却觉得似乎我在那晚将她害死！……

——算啦；她若真的活着，对此也一无所知，
倘若已经死去，己没什么痛苦懊恼；
　　然而——然而——如她活在尘世，
她会不会有所感觉，并忍着这隐隐怪痛抗议？
如果上了天堂，她会不会对我摇头苦笑？

1　诗中提到的可能是特里费娜·斯帕克斯的照片。

在石楠丛生的荒原 ¹

我还未见她的身影，
　　便听到长裙瑟瑟地响，
瑟瑟之声穿过大片石楠，
　　它们编织起公地的帷帐，
在那阴沉漆黑的夜间，
　　我正凝神倾听，嘴儿半张。

远处城市泛起的灯光
　　反而使眼前景象模糊难辨，
随即有话音向前飞出：
　　"是你吗，亲爱的？我怕夜晚！"
惊起我右首冷杉上的苍鹭
　　扑喇喇振翅飞往北边。

还有一位正隐隐耸现，
　　我们不曾见她的生命；
还有位静静正值华年，
　　我们正往那儿靠近，
还有道阴影行将遮掩

我的一切灿烂光明。

1　据科林斯在《托马斯·哈代谈话录》中所记，这首诗第三节指一位第三
　　者；可能与哈代与爱玛·吉福特和特里费娜之间的情感纠葛有关。

变形

这株紫杉的某些部分
是我祖父认识的一个男人，
被紧紧拥入它的树根：
这树枝也许是他的娇妻，
脸色红润的健壮生命
现在化为了翠绿的嫩枝。

这片芳草必定由她变来，
她自上个世纪就常在
祈求来世获得安宁；
而那位美丽的少女，
多年来我一直盼着与她相知，
或许已化作这玫瑰之身。

看来，他们并没有深埋地下，
而如神经脉络密密麻麻
发育在地面的空气里充分舒展，
他们承受着雨露阳光，
又有了无限生机和力量，

从而将往日的丰姿重现!

最后的信号 ¹

忆威廉·巴恩斯
1886 年 10 月 11 日

我默默走在一条高坡小径，
　从我的寓所前往那紫杉荫蔽的地点；
金黄的斜阳已在西天渐渐下沉，
　　东方因乌云笼罩而一片昏暗。

这时，在苍灰昏暗的东方阴影内，
　——那儿幽黑无光，有道大门敞开着，
只见什么东西反射出夕阳的金辉，
　　就像那儿有道火光在闪射。

我反复细看后才明白那是什么——
　那苍灰的东方突然闪现的光明；
原来是我朋友的灵柩将夕晖反射，
　　他即将从绿荫走上这条小径，

踏上他最后的旅程——在他年轻时
　曾多少次出门，在这大地上穿越！

而当他走向墓地，还发信号向我告辞，
　　就仿佛是在挥手作别。

　　　　　温特博恩－坎姆小路

1　　威廉·巴恩斯是多塞特郡的诗人，哈代的老师、朋友和近邻，于1886
　　　年10月7日去世。10月11日哈代从自己的寓所，步行去参加巴恩斯的
　　　葬礼，这首诗描写的便是当时路上见到的情景。

景中形象 [1]

她欢欢喜喜往前去，
　　坐在葱绿陡峭的坡上，
而我站在后面，以便用铅笔
　　描画美景中她的形象；
　　　不久天阴，落下雨点，
但我继续画着，顾不上雨丝
　　　纷纷打湿沾染
我的画稿，就如怪异的恶作剧
　　留下渗污的画面。

这样我画下了那道风景：
　　她独自坐在雨帘之中，
裹着头巾，画面只勾出她的身影，
　　四周尽是雨丝濛濛。
　　　——我们很快离开那里，
可她淋湿的形象仍如景中女神，
　　　且永远不变，确确实实，
尽管那地方不再记得她，自那天至今，
　　　对她的一切也了无所知。

1　　据《哈代的早期生活》记载，这首诗写的是哈代初遇并追求爱玛时的真
　　实情景。诗中提到的哈代冒雨作的素描，有两幅现存于多塞特郡博物
　　馆中。

最后的弹奏 [1]

"我在弹奏一些旧曲," 她说,
　　"所有我会弹的旧曲, ——
那是我很久以前所学。"
——为什么这时候她会想到弹琴?
　　无言的沉寂覆盖如雪。

当我傍晚从城里归来,
　　屋内依然琴声悠扬,
一如两小时前我离开时一样:
"这是最后一次," 奏完后她说,
　　"从此我不再弹唱。"

几天之后她溘然去世,
　　当她已离开人间,
我细细回想她那次将旧曲重弹,
觉得她已知道会发生什么事,
　　并奇怪她何以有此预感。

1　　这首诗真实记录了爱玛·哈代去世前所发生的事,写于 1912 年底。

炉中木柴

回忆妹妹

炉火渐渐燃着了木柴
　　　　木柴取自砍下的树，
这树曾开花并结出无数苹果，
　　　　直到它的生命结束。

　　那段树杈，当年我曾
　　　　首先伸手抓住，然后
抬脚踩着，一寸寸往上攀爬，如今
　　　　它已干枯，蒙满烟垢。

　　一片烧焦的树皮，就是那年
　　　　因剪枝而渗出树液——
后又愈合抽出新枝的地方。然而现在，
　　　　它的生长全都终止。

　　我那爬树的伙伴，已悄悄
　　　　从阴冷的墓中出来——
一如当年，我俩站在弯弯树枝上，

她笑着，还将小手直摆。

1915. 12

遮阳伞

呵——这是一把女人的遮阳伞的遗骸，
　就在我脚下的岩石缝隙里，
　不过是几根铁丝，一堆破烂！——
　自它制成雪白或粉红的绸伞，
　二十年的悲欢离合，已经过去。

正午的阳光直射着裸露的伞骨，
　它已遮挡不了最弱的光线；
　谁也无法辨认它当年的颜色，
　只剩一堆斑驳的锈骨，躺在这
　石棺里，直到今天才被人发现。

这遮阳伞的主人呵如今在哪里？
　她曾打着伞久久徘徊在这海滨——
　纤纤拇指紧按在小小伞柄上，
　或许她正为爱情而沉思默想，
　娇柔的面容因此更妩媚动人。

莫非撑过这遮阳伞的漂亮女人，

337

也像这伞一样已成一堆骸骨，
躺在某处缝隙谁也不来顾盼？
她是否在遗憾，若骸骨也会遗憾——
当年举伞时那些徒劳的追慕？

五个学生 ¹

鸟雀在车辙的积水里濯洗，
　　阳光越来越灼热，
将围场小径的露珠蒸成水汽；
　　　　我费力地往前跋涉——
五人同行，他和她黝黑，他和她白皙，还有我，
　　　　　　大伙一起奋力奔波。

空气在颤抖，大路上热得出奇，
　　没有凉荫，白日令人昏晕，
绿草晒蔫了，牲口都在休息，
　　　　我们仍匆忙前行——
我们四人：白皙的她和他，黝黑的她，加上我，
　　　　　　可是，少了一个。

秋天使坚果成熟芳醇，
　　　　我们仍奋力往前，
穿过荒野，农场，黄土坑
　　　　像春天时一样扒踣赶——
我们三人，白皙的他和她，以及我

339

现在又少了一个。

树叶飘落：蚯蚓悄然无声，

　　趁夜将落叶翻下土，

白桦和山毛榉凋零得只剩树身，

　　　　可我们还在路途——

我们两人：白皙的她和我。我们知道前面

　　　　所剩的行程已有限。

教堂的屋檐下冰柱悬挂，

　　旗缨在风中飒飒作声，

大雪纷飞，行人裹着头匆匆回家。

　　　　而我仍在路上行进——

只剩一人……黝黑和白皙的他们，都已逝去；

　　　　剩下的我，也命在旦夕。

1　诗中提到的"黝黑的他"指哈代的挚友霍勒斯·莫尔，于 1873 年自杀
　　而亡；"白皙的他"可能指 T. W. 胡珀·托尔伯特。据《哈代的早期生
　　活》，这两人是哈代青年时代立志文学的志同道合的朋友。"黝黑的她"
　　指特里费娜，于 1890 年去世；"白皙的她"指爱玛。

风的预言 [1]

我徜徉在荒芜的田野，
海鸥飞掠如银色斑点
出没于乌云，乌云预示灾难，
正携黑色警报在低空集结。
我说："暂离情人作小别；
我最爱她那双玉臂缠绕！"
风儿上下翻腾着回答：
"不，你正走向另一位的怀抱。"

远方露出阴沉沉灰色海岸，
灰浊一色的岸边不时激起
一串串白色浪花飞溅不已，
极目远处有亮光频频忽闪。
我叹道："如今我的目光整天
只盯在她乌黑鬈曲的秀发上！"
风的回答铿锵如铁链崩断：
"不，你在等一位靓丽的金发女郎。"

高耸的海岸挡住巨浪千叠，

传来的涛声像是撞击大门，
或锤击架空的地板响声沉闷，
犹如洪波劈开地下的洞穴。
我说："尽管尘世广阔无界，
她那城里的家才最最温馨。"
风儿从苍浊的天穹回答：
"你该说她的家在大海之滨。"

漫天的乌云没能遮住
那颗胆怯又易逝的星；
层层浪花外的巨涛声，
如疯狂的人群迸发欢呼。
"晨雾迷漫、朝阳升起之处，"
我喊道，"有我的星星清光四溢。"
风儿在群峰之巅大声喊道：
"夕阳在此西下，你的星星在这里！"

远处海岬巍峨涛声磅礴，
犹如巨人 2 酣睡中发出鼾声；
当海上每座塔灯火通明，
黑暗便降临一切峡谷陡坡。
"我浪迹四方，可有一位肯定属于我，"
我说，"上帝将让她与我长相随！"
低沉的笑声似是风的讥嘲：

"原来你还不知道爱的是谁。"

据旧稿重写

1　哈代几度修改这首诗，诗中两位女子指爱玛和特里费娜。哈代与爱玛相
　　爱时，与特里费娜仍有婚约，这首诗反映了他的矛盾心理。
2　原文系 Skrymer，古代斯堪的纳维亚神话中一个酣睡中的巨人。

多少风雨过去

　　他们唱起心爱的歌，
　　他，她，他们全体——
　　有高音，中音和低音，
　　　　一人奏乐相伴；
　　烛光映出张张面影……
　　　　啊，不；光阴似箭去！
看黄叶随风翻飞，纷纷飘落！

　　他们清除蔓生的苔藓，
　　有老人，有青年，
　　把通道铲个干净，
　　　　让花园欢声不断，
　　又在凉荫下设置座凳……
　　　　啊，不；光阴荏苒
看当空，正掠过一群白色海燕！

　　他们欢快地早餐——
　　男女在一起——
　　聚在夏日的树下

344

不时可眺望海湾，
宠物家禽庭前戏耍……
　　啊，不；流年如斯，
看墙头玫瑰飘落片片花瓣。

他们正搬入高高新居，
　他，她，他们所有的人——
成堆的座钟、地毯和座椅
　　在草坪上搁了整整一天，
　他们的物品何等富丽……
　　啊，不：岁月无情；
雨滴正将他们刻的名字悄悄蚀去。

莫莉去了 [1]

莫莉和我再也不能共度夏天，

　　看树上白雪已经积满，

　　鸫鸟像乌鸦一样，几乎是蓦然振飞，

　　　水洼已凝冻成冰，

在她离去前，这些鸟常在凌晨降落喝水，

　　　可如今，囚室已紧闭铁门。

莫莉和我再也不能共栽花木

　　在那长满石竹的花圃；

　　再不能修整那些攀缘的玫瑰，

　　　它们依傍如今已遮掩

小路的冷杉，在那儿欢快摇曳，纷纷展蕊，

　　　仿佛在邀获她的夸赞。

莫莉和我再也不能结伴旅行

　　去那海滨的小城，

　　或沿白衫河去翠绿的温约峡谷，

　　　攀登上蒙他可特绝顶，

右边可见塞切沼泽，远方有科顿雪峰高矗，

往西可达皮尔顿和卢思顿。

莫莉和我再也不能同声歌唱
　　在那一个个晚上，
当她心情愉快，嗓音清亮，屋内烛光辉映，
　　光线经门廊墙柱
往外洒在丹桂树上，招来夜蛾成群
　　撞在窗玻璃上，仿佛也想加入。

莫莉去了哪里，不再与我在一起？
　　——当我站在这片草地
正这般思量，只见天上有颗星特别明亮，
　　在向我发出信号：
她正从住处注视它的脸，只要朝它凝望，
　　我们就能在那儿互相见到。

1　莫莉，指哈代的妹妹玛丽·哈代。哈代与她感情很深，曾称她为"第二
　个自我"。玛丽于 1915 年 11 月 24 日去世，哈代甚感悲痛，曾写了多首
　诗悼念她。

黄铜墓碑：186 —

"啊，可爱的女士，你为何流泪，
　为何在这黄铜墓碑前哭泣？——
（我不过是个学生，正素描中世纪的遗迹）
　哎呀，是刚刚去世的人葬在这里？——
是您父亲？……唉，他先去，我们终将追随！"

"年轻人，啊，我不得不说！——这是我丈夫！
　他的名字下刻着我的名字，和我的死期！——
日期还空着，留待我的后人们填写，
　以表示我对他忠诚，直到生命最后一息。"
——"夫人，这真让我惊奇，你原来是个寡妇！"

"且慢！因为上个月我——又已嫁人！
　可现在我很担心这件事办得不妥。
我们刚刚回家。我挺心烦意乱，忐忑不安，
　不知我的男人对此会说些什么；
他会不会觉得——我不该这么匆忙结婚？

"我得说，真的——倒不是中伤他的名誉——

348

不过，他的脾气很坏，——是的，我真害怕！
下个星期天早晨，当他上教堂，来这墓地，

　见到这黄铜墓碑上所刻……啊，天哪，天哪！"
　——"夫人，我敢肯定你的美貌会消释他的怒气！"

拜访 ¹

我沿着小径，穿过栅门，
　来到这清静的地方，
我这里走动，那边穿行，
　将一些亲朋好友拜访。

我先探访某些已多年
　未去看望的朋友，
然后又专程去拜见
　那些长者故旧。

时值仲夏，这个时辰
　以往他们常在外漫步，
而今，空气虽然诱人，
　他们却都守在小屋。

傍着树木、土墩和碑石，
　我与他们一个个闲话
天色晦暗前我们做过的事，
　可他们谁也没有回答。

客栈中的蜜月 [1]

黎明在颤抖，正是欲明还暗之时，
　　月儿恰好悬在窗框边上，
　　浓云盘旋将它遮如残月——
　　那半边脸仿佛被扁斧削去；
黎明在颤抖，正是欲明还暗之时，
　　月儿在往屋里张望。

月儿默默无言，将目光投向屋内，
　　里面躺着两个愁苦的人，
　　那白皙女郎叹道："我真苦恼！"
　　男的也叹："亲爱的，我同样郁闷！"
古老的月亮默默地注视屋内
　　那两个愁苦不眠的人。

当他俩睁大眼扫视屋里的一切，
　　似乎不会有倒霉事发生，
　　偏有某物坠落地上，砸得粉碎，
　　顿时满地闪闪发亮，盯着他们，
当他俩睁大眼扫视屋里的一切，

地上像睁着许多双眼睛。

他们吃惊地发现那是面旧镜子，
　　原竖在附近的壁炉台上；
　　它那镀银已斑驳——仿佛为无数
　　生前对镜傻笑者的目光所损蚀，
那时他俩还不知这面旧镜子
　　也未见它迷糊的斜睨目光。

他正看着，新娘已如飞蛾趋前，跪在地上，
　　一边颤着声音连连叹息，
　　伏在诡秘的月光下捡破镜片，
　　这举动情不自禁犹如机器人，
他急忙下床恳求，在她跪着的地方：
　　"别捡，就让它们撒落在地！"

"这意味着年年伤悲！"新娘哀叹道，
　　他们回到床上，她还在唏嘘，
　　又举起苍白的手反复擦揉眼睛。
　　"别烦恼，亲爱的，没事！"新郎安慰她。
"我们从此将年年伤悲！"新娘喃喃道，
　　"如这倒霉事不就此过去！"

这时讽刺精灵在护墙板后大笑，

而怜悯精灵则叹息担忧。

"妙极了，"讽刺精灵说，"趁他们新婚燕尔，

以不祥之兆将他们骚扰逗弄，"

而怜悯精灵则在护墙板后叹道：

"这不祥之兆我们也难承受！

"再说，该以什么来证明此兆不假？"

——"哈，一句话，他们会渐失青春，

尚未离世种种烦恼早让爱情麻木。"

——"但我们见的这些，何须什么征兆？——

因人人同此命运。"——"那更证明此兆不假，

如果它适用于所有的人。"

---

1   评论家 A. J. 盖拉德在评论这首诗时曾写道："这诗确实很奇怪。第一节
第五行与第一行重复。而后第七节又如此，只用词略有不同。于是我们
看到，从理论上说，一首四十八行的诗，其中可能四十六行韵律各不相
同。而这一首正是如此！除上述数行外，余者没有哪两行韵律相同。"
其实，哈代正是以这种打破音步韵律常规的形式，配合诗中云遮月残、
旧镜破碎等意象，营造出神秘不安的气氛。

知更鸟

当我飞啊飞，
升得很高，
见池中映射
天光闪耀，
我呀，我是只
幸福的鸟！

当我降落
在池塘边，
我俯首饮水，
悄立静观，
并啄涤羽翅，
梳洗打扮。

当寒冬冰霜
冻凝大地，
我四下寻找，
无处觅食，
其时之感，

最为凄凄。

倘严寒持续，
大雪飞扬，
我便渐觉
不再悲伤，
因已冻成一团
僵硬冰凉！

往日游踪

"我们曾常常去玍吉威、西诺，
　　或锡德林磨坊，
　　或耶尔涅姆山岗，
到处是一派卡斯特桥式的欢乐，
　　可如今再去还有什么意义？
因她不再在那儿登临，
已到处见不到她的身影，
　　在我们常去的那些胜地。"

然而今晚，正当我困倦懒得举步，
　　她似乎在我身边出现，
　　此来仿佛就为嗔怨
我的消沉，竟将往日欢快的去处
　　看得那么沉闷阴郁，
况且，倘若她真的来我身旁，
依然那般热切，那么，旧地重访
　　或许还值得一去。

因此，我将乐意前往里吉威、西诺，

或锡德林磨坊，

或耶尔汉姆山岗，

到处是一派卡斯特桥式的欢乐，

一如我们当年的远足，

因她的倩影会在那儿转悠，

随时随地会将我迎候，

在我们往日常去之处。

1913. 4

戴面具的脸

我发觉自己在一颠簸不停的大房间，
　　两头各设有一道门，
我说："这令人眩晕的是什么地点？
　　地板居然也不稳定，
　　实在是我前所未闻。"
　　"这是生活，"回话的是张戴面具的脸。

我问："我怎么会来到这里，
　　我可从未盼望上这儿来；
能否让这空气更清澈，光线更明晰，
　　地面安定不摇摆，
　　两边门儿也敞开？
　　它们麻木，紧锁，又充满恐惧。"

那面具随即冷冷一笑，
　　说道，"哦，你这卑微的下人，
从前曾有支鹅毛笔也爱发牢骚，
　　对文书抱怨它得抄个不停，
　　文字一页页无穷无尽，

超出它的认知范围不知多少。"

以往走的路

不；不；
不能那么做：
我们不走那些路。

母牛
仍在我们过去常走
的草地上咀嚼，欢叫，转悠。

小河
仍潺潺多波折，
流向拦水坝，卷起旋涡唱着歌。

晒草人
如往年一样辛勤，
耙拢干草成堆，再用叉往车上装运。

车轮
碾过草径吱吱作声，
载得摇摇欲坠的马车缓缓前行。

"夏季

　尚未过去，又何必

因一人不在了，而将这一切回避?"

　　如你曾

　与她同经历那情景，

当痛楚仍噬着心，你不会这么发问。

　　何以

　我们竟不再去

年年夏日常走的小蹊!

1913

石上倩影 [1]

　我从祭司石旁边经过，
　　这孤寂灰白的石头在园中静卧，
石面上不时有阴影晃动
　　那是石旁高树的影儿婆娑。
　我停步注视那石上投影，
　　在我的想象中它们幻成
多么熟悉的她的头和肩膀，
　　当她在园中栽种辛勤。

　我想准是她站在我背后，
　　是啊，是她，我已思念了那么久，
于是我说："肯定是你站在我身后，
　　可你怎会来这旧径重游？"
　小园静寂，只听见一叶坠地，
　　算是凄凉的回答；我强忍悲戚，
不愿回过头去，生怕发现
　　方才所思原属空虚。

　然而我很想看个分明，

363

以确认背后其实无人；

但继而一想："不，很可能是她，

　别抹去想象中她的倩影。"

　于是我轻轻离开园中，

　留她的影子在背后晃动，

仿佛她确实是个幻影，

　我不敢回头，唯恐惊破这场梦。

始写于1913，完成于1916

1　这首诗表现诗人对亡妻的怀念。诗中含一古希腊神话典故：歌手俄耳甫斯善弹竖琴。其妻死后，俄携琴入地狱寻找。冥王为其琴声感动，允他带回爱妻，但告诫他在到达地面前，不可回头看跟在身后的妻子，否则其妻将永留冥界。

责备

现在我死了，你才对我唱起
　　我们曾经熟知的歌曲，
可我活着的时候，你却不愿
　　或不想唱上一句。

现在我死了，你才披着月光
　　心情沉重地来到我跟前；
啊，我愿付一切代价来复活
　　以获得这份温柔的情感！

当你死去，站到我的身边，
　　一如现在这样，没有区分，
你是否又会变得冷漠无情
　　如我们活着时，或者更甚？

我从不过分计较生活

我从不过分计较生活
　　得让人遂愿称心；
　　不期而至的机遇，
　　终究落空的机遇，
使我从青年到壮年遭际莫测，
　　　至今一事无成。

早年——也不知为什么——
　　我就对它不以为然；
　　颇多疑虑的状态
　　渐而恶化的状态，
偶或我会忍耐，但对于生活
　　　却无甚热情可言。

于是它以柔美和谐的色彩
　　献媚取悦于我，
　　以至回避似乎是失策，
　　以至再也回避不了生活之歌，
我稍感温暖，直到独处无聊赖

比群居更落寞。

我再望去，眼前仍一片空虚，
　刹那间生活把手一扬，
　展露出一颗明星，
　透过远方的湿雾，那明星
闪射的熠熠光华遍及天宇，
　　如火炬般明亮。

　于是，我会忘了道路崎岖，
　　大步迈向高山深谷，
　　一边凝视着天上，
　　凝视崇高美好的幻象，
如此重获启迪，我不会再持悲观情绪，
　　让自己的一生虚度。

写在"万国破裂"时 [1]

1

只有一人赶着匹老马
　　在慢慢默默耕耘，
马儿踉跄着，十分困乏，
　　半睡半醒直打盹。

2

只有几缕无火的轻烟
　　从茅草堆中升起；
这番景象会持续不变，
　　任王朝代代更易。

3

远处有少女和她情哥
　　走近来悄悄私语；
战史早在黑暗中湮没，

爱的故事仍在继续。

1915

1　"万国破裂"引自《圣经·旧约·耶利米书》第51章第20节："你是我
争战的斧子和打仗的兵器。我要用你打碎列国，用你毁灭列邦。"哈代
在谈及这首诗时曾说："我能将埋在心底长达四十年的感触挖掘出来，
而仍如当初一样鲜活。例如那首《写在"万国破裂"时》。诗中景象，
是1870年（普法战争时）我在康沃尔农村偶然见到的。但我直到1914
年战争爆发后，才将当时所见所感写入诗。"

战时除夕夜 ¹

1

种种恐惧幻觉，
火焰摇曳飘忽，
时钟"嘀嗒"不息，
某块石板松开，
夜里一片瑟瑟声，
松树如幽灵疲惫地低吟。

2

我耳中的热血，
突突搏跳如故，
山墙上的风信鸡，
刺耳擦声阵阵来，
而我，正独自一人。

3

已近十二点午夜，
指针隐没如蒙耻辱；
我将门锁开启，
侧耳倾听，等待
吉凶未卜的新岁降临。

4

黑暗中有马腾跃——
如死神来时迈步，
轻轻一击令人人昏迷——
越旧辙，踩石块
疯狂飞奔。

5

无人出现在台阶
将我招呼，
唯有马蹄声疾，
"嘚嘚"不绝在门外，
不久便远去无声。

6

骑手何许人也，
没有人宣布；
钟声响起旧岁辞，
毫无愉悦欢快，
新年却开始呻吟。

7

或许更多泪与血！——
更多饥饿战火——
更多分离和震惊打击！
便是命运之神的安排
骑手飞驰传指令
给惨白的欧洲，松树在疲惫地低吟。

1915—1916

1　诗中所写为真实情景。哈代曾在致亨尼卡夫人的信中，描述过那夜发生
　　的事。见《一位罕见的美女：哈代致亨尼卡夫人的信》第 175 页。

身后

当今世在我度过不安的一生后把门一锁，
　　当五月像振起新丝织成的纤巧翅膀
扇动欢快的绿叶，邻居们会不会说：
　　"他这个人向来留意这样的景象？"

若是在黄昏，如眼睑一眨悄然无声，
　　暮天的苍鹰掠过阴影，落向高地
栖在被风吹弯的荆树上，注视者思忖：
　　"这情景他生前必定很熟悉。"

我若死于飞蛾联翩的温暖的黑夜，
　　当时刺猬正偷偷摸摸地穿过草地，
有人会说："他竭力保护这些无辜动物免于遭劫，
　　但没做成什么，如今他已离世而去。"

当人们听说了我终于去世的噩耗
　　若正在门口仰望冬夜布满星斗的天际，
这些再也见不到我的人会这么想道：
　　"他这人可知道不少那儿的奥秘。"

当暮色中丧钟为我送行，一阵微风拂过，
　　打断了悠扬的声音，随即重又响起，
仿佛是口新钟的嗡鸣，会不会有人说：
　　"他听不见了，过去他对这类事最为留意？"

早年与晚期抒情诗

《早年与晚期抒情诗》出版于 1922 年，收诗一百五十一首。尽管数量不及第五部，却是八部诗集中篇幅最大的。从标明日期的诗可以看出，所收诗作从 19 世纪 60 年代起，涵盖各个时期，有不少写于爱玛去世后的两年，曾先期发表的诗作相当少。

天气

一

这是布谷鸟喜欢的天气,
　　我也一样非常喜欢;
当春雨阵阵打落了栗树花穗,
　　雏鸟展翅飞上了天:
小小的褐色夜莺在接嘴交吻
它们悠悠洒在"游客休息中心",
少女们款款而来,穿着漂亮的花裙,
市民们梦想着去南方西部旅行,
　　我也怀着这样的心愿。

二

这是牧羊人讨厌的天气,
　　我也同样非常讨厌;
当山毛榉灰褐的枝叶不停地滴水,
　　绵绵秋雨下个没完:
山间的洪水奔腾着往上猛涨,

草地被淹没，溪河汇成汪洋，
栅门上的雨珠如线般往下淌，
成群乌鸦往自家窝巢急急飞翔，
　我也在匆匆往家赶。

火车上的怯懦者

上午九点过一座教堂，
上午十点路过海边，
十二点是座域镇，烟尘污浊肮脏，
下午两点，橡、桦树林莽莽苍苍，
　　然后，她在月台上出现：

一位美丽的陌生女郎，没朝我注视，
我想，"敢不敢下车去追？"
但我坐着没动，心中找着托词。
于是铁轮滚动往前驶去。啊，要是
　　我在这儿下了车，那该多美。

我有时想

写给弗罗伦斯·哈代

当我坐在这儿，我有时会想
　　自己做过的事情，
看来这些事做得并无不当，
　　面对太阳无愧于心：
却从未有人花上片刻时光
　　关注这些——没有一人。

这是多么急迫紧要的事情：
　　去播下善的种子；
应当救助那些贫困苦难的人，
　　在他们最需要时
旷野里传来阵阵呼吁声：
　　谁来关心留意？

这一切会是真的，或不尽然？
　　有个人确实念念不忘，
她在我家进进出出，精神饱满，
　　如风掠过楼梯上，

依然热心关注一切。尽管
我也不免灰心绝望。

款款而行的一对 [1]

在这路上款款而行的一对是谁，
多少次相伴而行，
多少次相伴而行，
来来回回，
不论天气是好是坏，或阴或晴？

他们的行为举止，普通而平凡，
常在这儿散步徐行，
一天又一天：
附近居民不费什么神便认识他们。

他们每天走的沙石路平坦笔直，
路两边的花坛也修整
得整整齐齐：
从没有横斜的枝条，或凹凸不平。

充斥老生常谈的山盟海誓，
他们却说得极其平淡。
"或许，正该如此，"

他们说，"也省得一次次郁郁道晚安。"

　　周围发生的一切看来琐细，
　　　都会给他们带来欢乐，
　　　　简单的小事，
厌腻的人觉得烦，却令他们轻松快活。

　　他们是谁——那两个普普通通的人，
　　　日子又过得最为平淡简朴？
　　　　那是我们；
但我们比最精灵巧出色的人过得幸福。

1　　这首诗写哈代和他的第二位妻子。

西威塞克斯少女 [1]

一位真正的西威塞克斯少女，
　　多么欢快，无忧无虑，
　　曾经与我那么熟悉，
她想讴歌赞美她的故乡，
　　还盼着、盼着有朝一日
我们能相伴游遍那片地方，
　　充分领略它的魅力。

可我从未陪我的西威塞克斯少女
　　趁着年轻的心跳荡有力，
　　游历她的霍山故里，
也没伴她走在大理石街面——
　　那儿人们常去赶集，
而在她欢蹦乱跳的童年少年
　　她的双足曾与之多么亲昵。

然而如今我的西威塞克斯少女，
　　当安德鲁教堂钟声敲响，
　　在夜半时分悠悠回荡，

便像个幽灵牵着我的手

　　回到她的普利茅斯故乡,

如事先所筹划的, 我们并排着走,

　　在这从未同游过的地方。

1913.3 始写于普利茅斯

1　　此诗指哈代夫人爱玛·吉福特, 她出生于普利茅斯。爱玛去世后, 哈代
　　于 1913 年 3 月曾首次访问该地。

长存与消亡

一

　　浪花上太阳朵朵跳跃，
　　流动中小溪点点闪亮，
　　桃红脸，誓约，月光朦胧的五月，
　　我们希望这些长存不灭；
　　　　然而，它们却在消亡。

二

　　岁月空虚苍白如飞雪迷茫，
　　日趋腐败的世界默默流血，
　　痛苦的大众在呻吟哀伤，
　　我们希望这些消亡；
　　　　然而它们却长存不灭。

三

　　于是我们凑近观察时光，

只见它怪异的手臂转动不歇，
正以青春驱除悲哀忧伤，
然而崇高壮美与邪恶不祥，
　　却俱在泯灭。

窘遇

借着黑暗中微弱的灯光奔上前，
　　我们紧紧相拥，差点接吻；
然而她却不是我相约欲见
的女人，在这浓雾将散未散
的栈桥上，我也不是她所约的人。

于是她很快松开手说道：
　　"啊，为什么，为什么冒充
我的那一位！——我已约好
与他私奔，因我的婚姻太糟糕！"
——她便如此这般将我责骂一通。

我发现，我的幽会竟然
　　和别人的搅在了一起！
这时她的情人突然出现；
她的丈夫也来到跟前——
这灯光映照雪花堆积的湿地。

"带上她，任你享用吧，老兄！"他大嚷，

"我从此与她毫无关系。

我将给自己另找个漂亮的新娘!"

——这些话冲我而来,显然,他打量

是我预谋带走他的妻子。

那位情人接着开口:"我全然不知,

夫人,你居然有位第三者!

还在这儿接吻,我已亲眼看个仔细!"

——那丈夫和情人说罢扬长而去。

我未加阻挠;也没申辩是他们搞错了。

为什么不,唉,我与她相对而立——

两个陌生人已接吻,或差点,

均属偶然。见到刚拥抱过的女子

站在身旁喂喂而泣,实在是

对男人忍耐力的最严峻考验。

事情便这么开场;我还年轻,

她挺漂亮,双双站在灯下,

雪花旋舞,正扬扬纷纷

落入她如泻的秀发,那头发乌黑湿润

一缕缕悬在她的额角和脸颊。

只剩我俩站在那里困窘;

她遭遗弃，被扔给了我，
　或似乎是这样：夜色已浓
迫使我们商议何去何从；
　两颗心同陷于一场灾祸。

陷于困境的人，通常会因窘迫
　而焕发前所未知的潜力，
那一时冲动或会促使迈出
　决定人生命运的一步。此时已近薄暮，
海港中有艘去泽西岛的船正在鸣笛。

"谨慎举步怎会招致烦恼反悔？"
　它咕哝着，仍然停泊着未动，
"在异乡冒险时如此配对
　不比别人差，相伴着远走高飞，
且抛开你们原先所作的海誓山盟。"……

——许多年过去了，那四位当事者
　到如今只剩下我一个。
如此开场的人生篇章结果如何？
　在那古怪复杂的处境，又能干些什么？
唉，完美圆满的幸福谁也无法获得：
让已沉睡的人儿安息吧：我已不想多说。

于威茅斯

一位绅士为自己和与己同葬的
一位女士所作的墓志铭

我在城市的隐蔽处居住，
　　而她远远在海边，
和善良、殷勤、聪明的人相处；
　　但从不与我为伴。

我从未在地面溜滑的舞厅
　　一睹她的倩影
随威伯尔特《第一组曲》[1] 将她引领，
　　并轻诉爱慕之情。

我和面色苍白者在名利场上周旋，
　　挨过生命的季节；
她与健壮者去散发咸涩气息的海滩，
　　欢度人生的岁月。

或许她那双眼睛原本呈深色
　　有着晶蓝的眸子，
或许当她年迈它们已失去光泽，

对此我一无所知。

或许她曾拥有珊瑚般的嘴唇，
　　但我从未吻过它们，
没见它们因怄气而噘起或绷紧，
　　我不曾追寻思恋它们。

我们之间一辈子没说过情话绵绵，
　　不曾有爱的震颤、兴奋；
我们也从未同床共枕像夫妻一般，
　　无论为纵欲或因真情。

然而，飘过或寒或暖岁月，我们犹若
　　尘埃落定，躺在一起，
我的永恒的伴侣呵，竟然是这
　　素昧平生的女士！

1　《第一组曲》（First Set）是 19 世纪初期流行的一种舞曲，也称方阵舞曲
或夸德里尔舞曲。——原注

那件旧外衣 [1]

我曾见她穿最亮丽的外衣，
　　天蓝、翠绿、朱红等鲜艳色彩，
也曾见她穿得朴素至极，
　　平纹布装上下一身洁白。
我曾看着她骑马或步行，
　　停树下时身上一片日光斑驳，
或伫立在浪花飞溅的海滨，
　　陷入深深的思索。

我熟悉她在林地的模样，
　　当树枝在风中一阵阵悲鸣，
在细雨蒙蒙中她也曾放浪，
　　头发凌乱，黝黑皮肤湿淋淋。
有一两次她还将我撇在一旁，
　　当她受尽恭维，炫耀地驰过大街，
端坐在她的马车座位上，
　　只朝我投来飞快一瞥。

但在我充满激情的回忆里，

却永远屹立着她的形象——
穿那件褪色过时的旧外衣
　　在那个行将久别的晚上，
我们依依不舍聚在一起，
　　是的，就在那温暖舒适的小房间，
她颤动着嘴唇自言自语：
　　"我可有机会再与他相见?"

1　　这首诗回忆爱玛·哈代。第一、三节写哈代 1870 年首次访问圣·朱里
昂。第二节可能指 1902 年哈代夫妇去温莎出席皇家公园聚会的事。当
时爱玛自己坐上接送贵宾的马车，却偏要已经十分疲惫的哈代步行，还
说这有利于他的健康。

十一月的一个夜晚

那夜我注意到气候突变，
窗框开始不停地颤动，
骤起的狂风阵阵吹撼，
而我正躺着，睡眼蒙眬。

落叶飘进我的房间，
一片片落在了床上，
某棵树正在对着幽暗
诉说它叶儿凋落的哀伤。

有叶儿触到我的手掌，
我恍惚觉得那便是你，
站在以往你常站的地方
在对我说，你终于知悉！

1913（?）

同一支歌

有只鸟唱起那同一支歌，
流利的啭鸣中毫无错音，
一如多年、多年前那个时刻
　　我们在这儿凝神倾听。

那么欢快动听的旋律
延续至今仍令人痴迷，
连一丝音符都不曾变易，
　　真是个可喜的奇迹！

——然而已不是同一只鸟儿。——
不是，那一只早化为尘土……
而当年与我同听此曲的人儿
　　也都去了同样的归宿。

一百年前，在卢尔沃思海湾 [1]

倘若我活在一百年之前，
或许我会像今年这样去，
经沃姆韦尔豁口前往海湾，
时光会在那儿指点我注意：

"你看见那人吗?"我看后回答，
"是的：见到了。他搭了那艘船。
绕过圣·阿尔班岬，漂下海峡，
但我不会留意这么平常的青年。"

"你看见那人了?"——"嗯，是的，没错；
他瘦小、褐发，像个闲散的城里人；
因黄昏光线越来越弱，
和许多人一样，他在仰望星星。"

"你看清那人了?"——我求道："别纠缠，
我还得走十五里路横穿草原，
天色渐暗，而我两腿已疲软：
说过三遍了：是的，那人我已看见!"

"行。那人前往罗马——走向绝望、死亡，
此刻除了你我，谁也没留意那人：
可一百年后，世人会去那儿瞻仰，
在他的墓地向他鞠躬致敬。"

1920. 9

---

1   1820 年 9 月的一天，济慈在前往罗马途中，曾在多塞特郡海岸停留，并
     写下十四行诗："光辉的星哟！但愿我能像你这般稳定——"据考证他
     停留的地方便是卢尔沃思海湾。——原注
         济慈的《光辉的星》（"最后的十四行诗"）并非在卢尔沃思海湾写
     成，但他在那儿停留时曾工工整整誊抄了一份。

新婚之晨

塔比莎正穿新婚嫁衣：——
"塔比，为何你看来这般伤心？"
"唉，我只觉无边的愁苦渗透心底，
　根本不感到什么欢欣！……

"昨晚我去拜访卡莉，
　我在那儿时他也来了，
却不知我已先他而到。于是，
　我躲在一旁，听见他说：

"'啊，亲爱的，要是明天娶的是你，
　那我会倍加的称心如意！'
'这不可能。'——哦，我真想把他让给卡莉。
　心甘情愿看他们举行婚礼。

"然而，我怎么可能做这种事
　当他的孩子即将降生？
产后但愿我能死去。那时
　她能得到他。我也不会痛心！"

假日的冥想

古歌韵律新主题

这是个五月的早晨，
一切那么清新，
蓝天万里无云，
　　今日不会下雨，
我将去往何处，
何处，何处？——
我能否说不
　　不往里昂乃斯[1]去？

可那——有什么理由，
在这么好的季候，
作为拒绝的借口
　　而去别的名胜古迹？
特里斯特莱姆[2]已不在那儿
伊索尔达忘了那儿，
新时代只令那儿
　　蒙羞，没添什么胜迹！

艾冯河畔的斯特拉特福 [3]——
那儿是诗歌的乐土——
我将在那儿找到归宿，
　　不管怎么说——
不过——我突然想起
那梦旦已萦回在脑际，
如今天鹅已全然不知
　　它的艾冯河。

那么，该往哪儿去？
容我再考虑，
向来最为称许
　　仰慕不已者谁？
啊，我将去湖区
湖区，湖区，
当然去湖区，
　　就去那儿相追随。

但——为何去那地方，
那地方，那个地方，
那么难到达的地方
　　况且得步行？
如今那位诗人 [4] 已不再欢呼，
既不再爱，也不寻惧

再不能耳闻目睹
　　那儿的声音和风景！

啊，那就去苏格兰，
彭斯和威弗利 [5] 的苏格兰，
还有什么神奇壮美的山川
　　更能把我吸引？——
然而——要是如今已没人
能感受那片土地的神韵
仍怀一点关切热忱
　　——我又何必自作多情？

那我去寻访城中一条小街，
啊，一条灰褐色的旧街
一条破败不堪的老街
　　吸引不了谁的目光。
就因曾有位玛丽 [6] 住在那儿，
曾有位珀西 [7] 在那儿，
感到他的心融在那儿，
　　还有位克莱尔 [8] 也是这样。

为什么属意那座城市，
那样的一座城市，
如今已脏污不堪的城市！——

为何去关注那些恋人
他们在那儿居住漫步，
在那儿闲坐倾诉。
在那儿或兜售，或购物，
　或求爱，或成婚？

如果到这一个个地方去，
生些怀古的感慨忧郁，
会被视为愚蠢之举，
　而招来阵阵哄笑。
那些千方百计寻访的后人，
再也无法去凭吊他们，
而且永远难以成行，
　这些去处便会无人知晓！

可在极乐世界的草地上
名人们既已见多识广，
若他们神志清醒正常，
　脸上早含了一丝嘲笑，
并会对我多有微词。
说我居然迷恋这奇思空想，
认为它们于我根本不合适，
　他们微笑着说道：

403

"什么！——我们陈旧发霉的故居，

那儿年迈者正昏昏睡去，

那儿已没有一个孩子或妇女

　　承袭我们的姓氏？

你竟然四出寻访不辞辛苦，

到处去打听并关注

这样的寓所旧屋——

　　你可真是没出息！"

1921. 5

1　参阅《"当我动身去里昂乃斯"》（189 页）的注释。
2　相传特里斯特莱姆为亚瑟王圆桌骑士之一，出生于里昂乃斯，因误食爱
　　情药而与康沃尔国王马克之妻伊索尔达相恋。这是英国中世纪著名的爱
　　情悲剧传奇，最早文本出现于 12 世纪。欧洲许多文艺作品曾以此为
　　题材。
3　莎士比亚的故乡；艾冯河畔的天鹅指莎士比亚。
4　指诗人威廉·华兹华斯（1770—1850），他曾对法国大革命充满热情，
　　后来隐居于英格兰西北部的湖区。
5　彭斯指诗人罗伯特·彭斯（1759—1796）；威弗利指小说家司各特
　　（1771—1832），他曾创作历史小说《威弗利》大获成功，后来以"威弗
　　利作者"的化名接连创作了很多历史小说。
6　指小说家玛丽·雪莱（1797—1851），曾住在伦敦斯金纳街，诗人雪莱
　　的妻子。
7　指诗人雪莱（1792—1822），他的全名是珀西·比希·雪莱。
8　指诗人约翰·克莱尔（1793—1864），他曾有作品献给幻想中的妻子玛
　　丽·克莱尔。

美人 [1]

啊，请别再称颂我的美丽，
　　以种种浮夸不当的辞藻，
别说什么人人对我爱慕不已，
　　这些话只令我徒生烦恼！

但请始终温柔地对我说：
　　"从现在直到生命的尽头，
无论祸福，无论发生什么，
　　亲爱的，我永远是你的朋友。"

我憎恶镜子里我的美丽，
　　我的外貌不能代表我：
我戴上它，唉，谁会关心留意
　　佩戴者死了还是活着！

啊，请多关注内在的我，
　　是的，关注我，我这个人，
在未来的灰暗阴郁时刻，
　　当我的美貌一始凋零。

在路上

树木不时倾斜晃动，
百叶窗格格作声，地毯被掀起，
昨晚的灰尘已落地化泥，
　在涌流不息的雾中，
他们似能听到鱼群在河中游泳。

　但对他说来，
　已越走越近
　离那隐蔽的邸宅，
　于是雾变得可爱，
　风声也妙如琴音。

天空依然苍灰迷茫，
野黑莓的每颗果实，
凝有水珠噩盈欲滴，
　向行人呈现的景象，
仿佛死人眼睛冷冰冰暗淡无光。

　但据她的眼光

已越来越近，——
离那喜悦欢畅，
于是雾显得明亮，
风声也妙如琴音。

如果你早知道 [1]

　　如果你早知道，
当和她一起在海边站得高高，
倾听镶着白边的紫色海洋絮语，
天下起雨，却不妨碍娓娓的倾谈，
回家时也没影响你愉悦的情绪，
尽管走的路潮湿又曲曲弯弯，
走得慢还得越过石垣一道道；
　　如果你早知道

　　你会献一束玫瑰，
五十年后，献于她的碑前，那墓碑
一方银灰显豁在茂密的苍翠之间；
五十年后的某一时辰，要是你恰巧过那里，
你会因什么而感动？——要是你曾预见
还是在那模样依旧的同一墓地，
每日的黎明和黄昏，静静流逝似水，
　　你会献上一束玫瑰！

　　　　　1920

409

这是又一悼念爱玛·哈代的诗作。首节回忆初识爱玛时的情景，到写这首诗时已整五十年。

喜欢唱歌的女人

有个喜欢唱歌的女人
　　骑着马儿穿过草地，
正当风和日丽的五月，
　　　她热情奔放，不知疲倦；
她这样唱着："我年轻而又漂亮！"
　　很多人回头将她留意。

还是这个喜欢唱歌的女人，
　　无奈地坐着低哼轻泣，
正当天寒地冻的季节；
　　　她没有亲朋，没有温暖，
她这样唱着："生命啊，你何等漫长！"
　　可再没有人对她留意。

什么样儿的梦

我笑着与她在溪边嬉戏，
　飞溅的溪水将我浑身打湿，
但随即脑中浮现一片空白，
　仿佛我没在那儿，也不见她，
只见我在年久失修的住宅，
　沿孤寂的楼梯缓缓攀爬。

我们目光飞闪，面颊泛红发亮，
　坐在没人窥见的地方；
直至无情的变化渐而临头，
　似乎那儿并非这般景象，
却是隆冬季节，我瘦削佝偻，
　头发灰白得如煤渣一样。

我们跳起圆圈舞满厅飞旋，
　全身轻若飘絮悠然翩跹，
这时帘幕骤落将我俩隔开，
　仿佛我没在那儿跳舞，
而是在圈起的草地上徘徊，

为寻回她的倩影——我知道在何处。

1913. 3

乡村婚礼

一个小提琴手讲的故事

薄雾弥漫在沟洼之间，
山头却沐浴灿烂阳光，
我们携琴走在石楠地上，
记得多清楚！——那天婚礼真热闹。

我们一到，引来乡亲一大片，
直到成双成对排好队形。
新娘她爹说道："伙计们，保持稳定！"
我们便调试琴音，对准 A 调。

伴郎瞪着眼说："你们跟在后面！"
可我们已走在队前，拉起了琴
（我们作为朋友，可是一片诚心），
于是自始至终，我们在前面奏乐开道。

从他们家门口，那磨坊溪边，
经过前街屋面，穿过花柱巷，
站在路旁的夫妻和小伙姑娘，

为我们奏的乐曲喝彩叫好。

我走在她爹前拉起高音，
迈克奏次高音，走在夫人前，
鲁勃的低音，简直妙不可言！
吉姆吹蛇管，吹到教堂又回头。

我觉得新郎有些激动过分，
当我们在圣坛外奏乐不止，
他俩发着永不背弃的盟誓，
一声声，正合着我们鼓点的敲奏。

"别奏得太欢！"她求道，"晴会转阴，
乐会生愁。"但她笑着让了步，
晚餐时，我们来到宴饮之处，
她仍一脸笑容，已经不再忧愁。

婚礼真是热闹，谁也没能预见
后来的事。谁会料到我们后来
会在同一天把他们夫妻俩埋葬，
那天也是一半晴朗一半雾气。

是的，薄雾弥漫在沟洼之间，
山头却沐浴灿烂阳光，

我们曾奏乐送他们进入教堂，
后来又抬他们去教堂墓地。

或早或晚

假如悲伤早到，
欢乐便晚来，
假如欢乐早到，
悲伤会等在一边；
　啊，我温柔可爱的人儿！

聪明人趁红颜年少，
早早寻求乐趣，
排遣悲伤．直到
时光化解尽忧虑。

让我们及早欢乐，
趁青春飞逝之前，
倘若晚了，
我们或已不在人间；
　啊，我温柔可爱的人儿！

主人与树叶

1

我们在发芽，主人，正在发芽，
　　我们是您喜爱的树；
三月逢干旱四月洪水发，
　　欢欢喜喜将我们催促，
新萌的叶梗长得密密麻麻；
　　然而你却不屑一顾！

2

夏日我们长得葱郁茂密，
　　绿叶都有些疲软，
吱吱喳喳的群鸟夜里在此
　　歇息，谁也看不见，
鸥夜莺则像鼓手久久敲击，
　　让林木不停地震颤。

3

我们渐渐枯黄了，主人，
　　随后叶色又转红，
越来越快一片片叶落归根
　　重归于泥土之中，
全都腐烂如大难降临！
　　您却头也不抬，无动于衷。

4

　　——"我注意到你们早早坠落，
　　不久将化为泥土；
夏日我见你们生机蓬勃，
　　与我年轻时正相仿佛；
可为什么我显得过于冷漠，
　　这太令人沮丧而没法说！"

　　　　　　　1917

419

重见一缕头发

当你温柔地表示欢迎，
这缕发正拂在你的香鬓；
当我们漫步在碎浪喧响的海边，
它便在阳光和轻风中撒欢；
当我赢得了你的芳心，
它常耳鬓厮磨与我亲近。
后来，为缓解分离的痛苦，
你将它赠予我作为信物。

它的同伴们如今何在？唉，
原本鲜亮的褐发已全灰白，
又幽闭在洞穴中的长柜内，
永远不得启开，一团漆黑！

然而这缕褐发，未遭时光侵害，
至今不减它当年的光彩；
于是我仿佛觉得甚至此刻，
我也能让它重拂在你的眉额，
只要我沿往西的路走去，

终能到达你昔日的闺室。

1913. 2

镜子的哀歌

镜子向窗帘轻诉起来，
　　同时发出一声叹息：
"我何苦再去映照理睬
　　身边这些阴郁的东西，
既然我一度倾心的她，唉，
　　如今与我也不再亲密！

"当风儿唱起它缥缈的赞歌，
　　我便映出飞掠的浮云，
和冥思中的松树的枝柯
　　那摇曳不停的投影；
可即使将它们全部映射
　　也不曾令我自豪欢欣！

"我映照出黑夜的幽灵
　　有时从身边掠过；
我重现红白玫瑰娇嫩——
　　那是最美丽可爱的花朵——
可如今让我哪儿去寻

像她这般美艳的名花绝色。"

模样依旧

我坐着。一切都已过去；
希望从此不再欢呼；
美好的日子骤然中止，
世界是个黑森森洞窟。

美与梦幻已一去不返，
我那么欢快且急不可耐
披戴上的美丽光环，
蒙上污渍后已不复存在！

我不问路径贸然前行，
陷于其黑难名的一团迷茫：
——人们在四周活跃欢蹦；
世界却依然是旧时模样。

太阳最后一次照着那乡村女子

M. H. [1]

太阳洒下的光明亮闪耀，
　　照着裹尸布外的这张脸——
尚在襁褓时阳光便将这脸映照，
可太阳哪里知道，这张脸哪里知道，
　　很快它们将永难见面。

如今坟墓已关上了门，
　　再无法透进一丝光线，
这张脸和它的阳光嘉宾，——
它们可纳闷，怎难见踪影——
　　而过去曾天天相见相伴？

1915. 12

1　　指玛丽·哈代，哈代的妹妹。

人世杂览

《人世杂览》（全名为《人世杂览：离奇的幻想、歌和琐事》）出版于 1925 年，共收诗一百五十二首。其中二十五首曾发表过。有五首注明是 1912 年至 1913 年的作品，仍属爱玛悼亡诗系列，但多数诗写于 1922 年 至 1925 年。

两者都在等 [1]

一颗星星朝我俯视
说道："你和我
天上人间各据一地，
你打算干什么——
　　干什么？"

我说："就我所知，
只有等待，任时光流逝。
等我的变化到来。""正是，"
星星说，"这也是我的主意，
　　我的主意。"

1　已届耄耋之年的哈代，正以平静的心态，等待死亡的到来。其中第七至
　八行，出自《圣经·旧约·约伯记》第 14 章第 14 节。

十月的最后一个星期

　　树木在卸下衣装，他们的彩带、
　　饰边和绚丽衣衫扔得到处都是——
　　在灰色的道路、屋顶和窗台；
　　每分每秒树叶被随意扔弃，
一片片，不停地飞落在这里那里。

　　蛛网逮住了一片落叶，它眼看
　　其余叶儿飘落，它却悬那儿晃荡，
　　像名穿黄色囚服，被羁押的罪犯；
　　而另一片残剩的绿叶在树梢上
浑身打颤，仿佛怕落个同样的下场。

别来；还是来吧！[1]

在我一本正经时，我能说，
　　别来这里，
　　远远地待在异国，
　　你不在此地，
我才能心绪安宁，头脑清晰。

但这念头很快枯萎。我何必
　　害怕与你接近
　　而有损我的名声，尽管因此
　　烈火般的旧情
会复燃，最后也许把我烧尽！

于是我说，来吧：将你的光辉
　　重洒此地，
　　即便一睹芳容，我会
　　痛苦不已，
甚至昏晕成幽灵而了无踪迹。

1　这首诗写于 1895 年，二十多年后又做了修改。诗中所指为亨尼卡夫人。
　　1895 年亨尼卡夫人去德国度假，哈代写这首诗，表达对她的思恋。

绿石板 [1]

这情景只发生过一次，
　　在生活变得僵化乏味之前，
当时，我到一处采石场去，
　　为寻找一种绿莹莹的石板。

正当我四下里察看探寻，
　　却发现有身影亭亭玉立，
背衬着采石场的背景，
　　显得目光威严，容颜俏丽。

如今，尽管五十年光阴逝去，
　　多少美梦和职责已归虚无，
我的手掷出的是怪点的骰子，
　　她的芳容已全化为尘土，

可绿石板——无论盖在高高屋脊，
　　或载在马车、大车、卡车上——
都在叫道："我们的家在那里——
　　在你见她亭亭玉立的采石场！"

最后一次旅行

"爸爸，你好像睡得很香？"
孩子拉开麻纱窗帘，打开窗，
　望了望窗外的黎明，
　又看看奄奄一息的父亲，
　　他支撑在椅子上，
呼吸微弱得如小鸟低鸣又暂停。

　洞开的壁炉在他的头顶
　像是困倦不堪而哈欠不停，
那忧伤的薄薄风箱在拂动他花白的头发，
　　由于他没法躺下，
　便靠瘦削的手臂将自己支撑：——

"是的，孩子，我睡了好久。至于休息，
　　嗯，那可很难说。
整整一夜我都在田野和公路上奔波——
　这是我常做的漫游——如我充满活力
　　体格强健时那么生活！

435

"首先去威泽伯里看望他们，
　　然后到国王鹿苑，并加入一群人
去韦敦－普赖尔集市做了次愉快的旅行：
　　我射靶赢取干果，买了奶油干酪、姜饼；
　　　这样玩过还未尽兴，
便又去伦敦：听那些巡夜人大声通报时辰。

"我不久又踏上旅途，并发现自己
　　来到父亲的苹果树下，
　　他摇着树，苹果纷纷落如雨，
他转过身来对我微笑，显得惊奇而又尴尬；
　　哎呀，这时你拉开了窗帘，
　　使我又回到这讨厌的人间！"

第二天孩子被告知："你爸爸已去世。"
　　她十分吃惊，便问，"这事真有？
　　爸爸真的做过那次漫游？
买了干果、蛋糕，夜间旅行直到晨光亮起，
　　如他自己说的走得没了一点力气，
　　去看望他那些日夜牵挂的老朋友？"

死后

致——

那多安逸清静
　　当归宿于夜台；
那时，亲爱的，我会比如今
　　活得更自在。

我不再有牢骚，
　　给你添忧愁，
人生的种种奋斗烦恼
　　齐抛在脑后。

这短暂痛苦的人生
　　将从此过去，
我将重归于茫茫空间中
　　原先的位置。

当你来与我相会，
　　以表示诚意，
请相信我一定望穿秋水，

在痴痴等你。

生与死在太阳升起时

道格伯里门附近，1867 年

山头摘去浓雾的白帽，
露出了矮树、林地和牧草；
它望着脚下白茫茫一片，
那儿的大雾仍未消散：
就像酣睡刚醒的人，一只胳膊肘支起身，
环顾四周想弄清，夜里发生过什么事情。

雪中有马车嘎吱嘎吱上山来，
一路艰难颠簸，行得不紧不快；
随后山上驶来一位骑马的人，
马蹄声嘚嘚消失在大雾深深；
这时候云雀、燕雀、麻雀，百鸟在同时啭鸣，
而公鸡母鸡，公牛母牛也响起一片叫声。

有一人肩扛篮子手持酒壶，
半路遇上了那位马车夫，
两人都停下来歇息了好一阵。
"喂 " 马车夫问道，"有些什么新闻?"

"——这次是个男孩。你刚见到医生骑马经过。
她接生很不错。我们想给孩子取名'杰克'。"

"你那车上盖着的是什么东西?"
他朝着马儿和车上点头示意。
"噢,那是副棺木给老约翰,
我们马上就将他入殓。"
"——那么说他还是走了。他身体一向很精壮。"
"——他活了九十多岁,可回想起法国大革命。"

郊外雪景

　　大雪肥壮了根根粗枝，

　　大雪压弯了条条细枝；

　一个个树杈活像白色蹼足高举，

　大街小巷一片沉默无语；

有些雪花迷路了，悠悠然往上翻飞，

遇到纷纷扬扬的新伙伴，又一齐下坠。

　　栅栏冻结成了一堵白墙，

　　没有阵风，雪花仍在飘洒。

　　一只麻雀飞入树枝间，

　　顿时碰落一大团

　比它的躯体大数倍的积雪，

　呼啦啦朝它的小脑袋倾泻，

　　一下把它冲翻，

　　差点将它掩埋，

　雪团落到下面的细枝上，

又碰得一连串枝头积雪纷纷而降。

　　台阶成了白色斜坡一道，

只见有只瘦弱的黑猫
睁大了眼，正在苦苦地往上攀登，
　　我们赶紧把它抱进了门。

冰冻的温室 [1]

忆圣·朱里昂

"昨天夜里，"她说，
"冰霜铺天盖地！
我们睡觉之前，
忘了生炉子，
温室里的植物
已全都冻死！"

早餐时她一脸沮丧，
激动地述说不已，
那年轻的脸，
那种惊惧
仿佛成了
悲剧的确定标志。

如今当我经过
曾令她沮丧的地方，
只见今日的霜冻
比当初更严酷异常，

但温室好好挺立着
显得暖和、牢固、欢畅。

而她虽曾哀伤
美丽植物命运不济——
一片冰冷，被人遗忘，
可如今她自己
比霜冻的植物更冷，
她本人却全然不知。

1　诗的前两节回忆初访圣·朱里昂时发生的事。

疲惫的行人

眼前是一马平川，
　上面有条路。
广袤无垠的平原，
　宽广辽远的大路！

越过一座座山头，
　但见这条路
仍向前延伸。也许再没有
　山峰来挡路？

啊！翻过第三道岭
　仍见这条路
不断往前攀升——
　这灰白狭隘的小路。

天空似乎切断了它；
　可是不！这条路
又从山后蜿蜒而下。
　永无尽头的路！

无人光临

大片树叶上下抖动，
　　渐弱的天光透过叶隙
　　在徐降的夜幕中悄然消失。
　外面，从黑黝黝乡下连接城中，
　　沿路的电线在向行人低吟，
仿佛有只鬼怪似的巨手在半空
　　拨弄弹奏一架鬼怪似的琴。

　有车开近，闪着熠亮前灯，
　　灯光投射在树枝间，
　　这车与我毫不相干，
　它突突突驰在自己的世界，
　　撒下一片幽黑夜色；
我又独自默默伫立门前台阶，
　　没有人光临寒舍。[1]

1924.10.9

446

1   可以比较《无名的裘德》第一章第四节最后一段："本来可以有人从那
     条路上过，问他为什么这样苦恼，这样一来，就可以给他打一打气了。
     但是却没有人从那儿过，因为向来就是一个人需要别人打气的时候，别
     人偏不出现嘛。"（张谷若译）

最后一片树叶

"看树上叶儿长得多茂密：——
亲爱的，当它们全飘落在地，
　　那时我就会归来！"

时值八月，她常盯着树看
（没人像她这么讨厌夏天），
　　直到绿叶色渐衰。

不久十月来临秋风吹，
叶儿显得摇摇欲坠，
　　她不时抬头仰望。

从此她计点得多么精确！
——十一月时只剩下十片叶，
　　它们也行将飘降。

"啊，当它们全都落尽，
树上光秃秃一叶不剩，
　　我就能与他相见！"

——这月十五号天上刚现晨曦，
她抬眼往树上望去
　　　见叶儿仅剩三片。

那个星期结束的时候
她竟激动得双颊红透：
　　　最后一片叶已飘落。

然而——他没回来。终于
她的希望完全失去，
　　　这犹如丧钟响过……

多年后当他再度光临，
他早已是别人的夫君，
　　　人也显得有些发胖。

她微微笑着提起往事：
他叫道："啊，那是一时冲动发的誓，
　　　这事我已全忘。

"跟别人一样！——就是那棵树吗？
正是那棵！——天哪，天哪；
　　　真的：这事我已全忘。"

在沙格荒原 [1]

时间，1685 年

我为自己干的蠢事痛心不已，
如今悔之已晚，无可弥补
只有一死了之，确实是我害了
世上少见的最杰出人物！
——我丈夫说："如今你已结婚，
就得留神！要是有男人
哄你，小心他打你的主意，
记住了：尽量骗他，只要有可能！"
　　可那男人是蒙默恩公爵！

我一向将假的误以为真，
直至门口来了这么个男人。
他不过向我问一下路，
看样子他困乏又消沉。
他站在门口未经挑逗便说：
"你是我今日所见最美的女人！"
随即，在迅速离去之前，
他十分温存地将我亲吻，

　　他真的吻了，尊敬的蒙默恩公爵！

他长得那样的英俊！——
为什么对他的举动，我噘嘴吐出
一声嗔怪？——马上又匆匆躲开——
因我已听到追捕者的脚步——
“亲爱的，保持忠诚！”他回头说道。
我还没弄明白他的意思，
他便已消失在矮树林里，
他怀着多大的希望和恐惧，
　　这举世无双的蒙默恩公爵！

士兵们飞驰而来。“这人在哪里？——
他是个反叛的公爵，”他们吼叫着，
“没错，他还自称是蒙默恩国王！”
这时我偏信了丈夫的胡说，
尽管他因妒忌而一派谰言！
我无情地举手指向
——路那边沙格荒原的矮林，
而他就躲在我指的地方，
　　我尊敬的蒙默恩公爵！

士兵们押着他走过我的家门，
他的双臂被紧紧反缚；

经过时他双眼朝我一瞥——
那一瞥既轻蔑又痛苦，
可他那目光真令人销魂：
"祝你从此交上好运，
可看你对我干下了什么，
啊，我朋友娶的是多狠心的女人！"
　　亲爱的蒙默恩公爵一声哀叹！

我这才知道他非同寻常，
而是位高贵杰出的国君，绝非小人，
来这儿求取王位和权利，
刚才还祝我一切好运。——
而他一路受缚挨打，押去霍尔特，
交由埃特里克大法官审讯，
之后又很快押往伦敦，
昨天，已由刽子手执行死刑。
　　可怜这举世无双的蒙默恩公爵！

昨天夜里，当我丈夫已经睡熟，
他却在我家的窗口出现，
浑身上下血肉模糊，尽是伤痕，
显得目光呆滞，头发凌乱；
他说："我的爱，像你这般的美人儿，
如此对待我，真好狠心！

但如今万事俱了：我已解脱！
反正迟早人人都得丧命。"
　　　尊敬的蒙默恩公爵这么说。

"是的，可爱而又狠心的人儿！"
他脸色苍白，隔着窗棂低语，
"但我依然爱你，此刻真想吻你，
只怕鲜血沾污了你的睡衣！"
——事情完了。我万念俱灰，便去投水自尽：
啊，朋友们，不用为我佩戴黑纱……
船工来捞尸时，他会问，
"谁让她走这绝路？"——恰恰，
　　　是亲爱的，已砍头的蒙默恩公爵！

1　　查理二世的私生子蒙默恩公爵在查理二世死后纠集队伍企图夺取王位，
　　1685年7月5日在沙格荒原被击败，三天后被俘；7月15日被处死。全
　　诗以一个女人自述的形式写蒙默恩被捕的经过。

冒充的妻子 [1]

这是一出隐晦的戏；可我知道上演的时间地点，
就是说，约翰·钱宁何时何地命归西天。
地点在海伊大街，见过那屋子的人还活在世间，
时间大约二百年前；那是在一七○五年。

杂货商人钱宁已奄奄一息。时钟正敲响十一点。
在旁护理的亲友看出，黎明前他的灵魂将升天。
这时候他突然说："我想在走之前亲吻她一下——
最后一次！"他们面面相觑窃窃私议："这事真绝啦。"

他的妻子刚入狱；真的，罪名是谋杀亲夫，
据说是用毒药；而他已气息奄奄临近黄泉路：
还不知道他年轻的妻子新担的罪名，
辗转榻上仍以为他的剧痛只是一种流行病。

人们在屋外郁郁考虑：不知怎么办才行，
他仍渴盼她的一吻——这垂死的人毫不知情。
"或许她是无辜的，"他们说，"他的人生已走到尽头，
何必让他遭受折磨，可如何满足他的要求？"

因他可怜巴巴恳求这没法办到的事，
而这谋杀指控已传遍全城人人皆知，
他身旁的亲友们情急中匆匆想出一策，
并立即实施。他们向众人宣布并到处物色。

"嗯，你能不能做件好事——或许将人救助，
至少，可免除一个即将入坟墓的人的巨大痛苦？"
于是找来一位驯顺的女人，很像他已入狱的妻子，
"他反正已分辨不清，这会让他临终得些慰藉。"

好心的邻居帮了忙，他紧紧拥抱并亲吻着，
一而再地吻着她。"我——知道她会——最后会来的，
你上哪儿去了？啊，躲开了！真遗憾——我用力过分
　了——
上帝保佑你！"他松开她，筋疲力尽倒下去，死了。

六个月后他的妻子在众目睽睽下被处以绞刑，
上万人聚集在刑场；他们默默无声、表情严峻，
看着她上绞架，又被焚尸，这是当时法律的裁定，
倘女人经确凿认定，或被误判，谋杀了她们的男人。

有的观众边看焚尸边说："我庆幸他至死不知情，
因为有人认为她清白无辜，——她决不会犯此罪行！

我也庆幸（如他们所说），他还以为临终前她曾与他
　相吻。"
他们似乎对此中冤情都没提出什么疑问。

1　1705 年有个叫玛丽·钱宁的女人被控谋杀亲夫而处绞刑，绞个半死又投
　　火中焚尸，当时围观者达万人。二百年后，1908 年人们在处死她的地方
　　考古挖掘，报界又炒作此事，哈代曾应邀撰文刊登于 1908 年 10 月 9 日
　　的《泰晤士报》，在文章中对玛丽表示同情。在这首诗中，哈代同样为
　　她抱不平，其倾向表现得很鲜明。

她打开了门

她为我打开通向西海之门，

    阵阵大潮激荡，

    浪击山崖发出轰响，

声音里充满了喜悦欢欣。

她为我打开浪漫之门，

    那是一囚室的出口，

    我在那儿待得太久，

已深谙其味，当时正盼着远遁。

她为我打开爱情之门，

    由此穿越经历

    扭曲纷乱的人世，

最终踏上蓝天下亘地如茵。

她为我打开往昔之门，

    那神秘灯火，

    那摩天高坡，

往前看时却一切俱不复存！

1913

一个将被绞死的女人的肖像 [1]

一个标致能干的女子，
身穿优雅礼服摆着姿势，
　画面素淡，然而悦目；
　　　最敏锐的心
　　　可曾猜准
那一脸单纯背后的心思，
　　　咚咚响如击鼓！

你的创造者，因你这番纵情
便敲起丧钟，事先何不屈尊说清，
　既然创造初始
　　　令你健全平和，
　　　何以又派遣蛇
致人迷乱疯狂，当时他原本
　　　就不必考验你，

不必将克吕泰墨斯特拉 [2] 之心
植在你身，这带给你无穷悔恨，
　还两眼昏花迷糊，

将有毒的稗子 ³

　　播在这么美的土地，

让这么端正、漂亮的女人

　　受尽嘲笑羞辱！

1923. 1. 6

1　这首诗写艾迪丝·汤普逊太太，她被控与情人合谋杀死丈夫，于 1923
　　年 1 月 9 日在伦敦霍洛韦监狱受绞刑。诗中运用圣经典故，谴责造物
　　主，而对受惩处者表示同情。
2　希腊神话中阿迦门农之妻，与人私通，杀死其夫。
3　典出《圣经·新约·马太福音》，指麦田内的杂草。

她说，她见到了他

"咦，我见你与司事 [1] 一起，在教堂外面，
　　因此我没急着回家来，
　　心想你不会这么快，
　　还要对那司事说什么话——
是的，那是你，亲爱的，尽管显得伤心凄惨，
　　没想到家这么快便归来！"

"我没出门。我一直在透过桦树观看月亮，
　　还听到教堂里丧钟响，确实，
　　就像有人刚郁郁去世！"
　　"但今天并没有敲丧钟啊？"……
他顿时一脸不自在，正如在教堂外见到那样，
　　而她也一时陷入沉思。

1　指担任管理教堂、敲钟、挖掘墓穴等工作的教堂司事。

花儿的悲剧

在卧室的玻璃窗附近，
有枝小花插在小小花瓶，
　　　整整两个星期，
　　　全然没人留意，
因无人浇水而渐渐枯萎，
成了干瘪的枯枝残卉。

但在苦难的世上，这又算得什么，
倘鲜花干枯在无人注意的角落！

人们不用费心就能查知
悲剧的起因；当她冒雨离去，
　　　不再返回这里，
　　　根本未曾念及
留下的花会枯萎。唉，我惆怅多时，
悔不该当初瞥见这干枯的花枝！

然而，这算得了什么。她哪会知悉
花的命运，连自己的也全然不知。

穷汉与小姐 [1]

我们知道这事不具法律效力，
只不过获得了上帝的首肯
（用你的话来说），你热烈而真诚
发誓点头赞同，当我将戒指
戴在你白皙纤巧的手。爱的絮语
轻柔得像头顶的斑鸠轻轻翕动
它的双翅，似乎正欲凌空飞去；
啊，爱情那么真挚，我们那么庄重。

我们严守秘密；这情形维持了
一段时间，真令人担惊又销魂，
后来我俩被拆散，从此再没能
将你亲吻，我们或有可能结合，——
让希望之光映亮我们的天空，
甚或可将我们秘密的恋情
祖露在世人眼前，请双亲及人们
在场做证，使爱的誓词格外郑重。

可我有多少事正待奋斗作为，

哪有时间去打通这些关节，
而你，富贵人家的漂亮小姐，
待字闺中，谁个不图门当户对；
我们都还年轻；尽管，你依然
信守着我们当初立下的誓约，
可我们所谓"爱的盟誓"，经过那番
城市竞选 [2]，在你眼中已不再圣洁。

伤心事终于临头，你肯定已得知：
那刚出的报纸上赫然刊登出
近日，在这夏天，你将嫁为他人妇，
那人出身名门望族，却上了年纪；
与世上凑合的无数婚姻相比，
这安排不好也不赖，倘我俩当时
不曾一心热烈相爱，并山盟海誓，
这一切对我来说已恍若隔世。

我们在梅费尔 [3] 一座教堂里会面
（应我的请求，你终于答应前来）。
"可我们从没结婚！"你这样辩白，
"哈，当然我们结过！"我说，并发现
你的口气已变得世故而虚伪，
"那时只觉有趣。你不会不知
法律总是法律。他不久便将成为

我的丈夫。而你，亲爱的，什么也不是。"

"我盼——但也长一智——"我一时无语，
好半天才说："我不再难为你。再见了！"
我们便分了手。——可记得恰在那一刻
教堂钟声正好当当当响起？……
从此我再没见到你。无疑你已走上
高贵、舒适、富裕的贵夫人之路。
——一切都已过去！这事不再令人哀伤，
而除上帝之外也没有人清楚。

1　写这首诗是想保存 1868 年写的一部小说《穷汉与小姐》的故事；那部
　　小说与这首诗一样，以第一人称写成，却始终未获出版，最后连底稿都
　　不曾留存。
2　这是小说中的一段故事。男主人公思想激进，参与政治活动，而小姐觉
　　得无法苟同他的思想，决定与之断绝关系。
3　伦敦西区的高级住宅区，源自 1708 年前每年 5 月在该地举行的集市。

他不知不觉化解了爱的苦恼

我说："啊，让我赞颂称道
她甜甜美美，令我受尽煎熬——
　　　我却仍爱慕
她的樱唇明眸，她的性情癖好！"

在深感伤心苦恼之时，
我奏起竖琴，以前没人如此
　　　直率地吐露：——
以颤音唱出奇妙的歌词！

我将心的伤痛吟成诗篇
伤痛时急时缓，渐而驱散
　　　我心的痛苦，
使之沉寂得如坟墓一般。

虽得以消释，可此前那种如痴如醉
却已不再；于是我问，啊，何年何岁
　　　如何才能重尝当初
那又甜美又苦楚的滋味！

在我的朋友到来之前 [1]

我坐在暮色笼罩的水坝上
坝下的流水在呜咽叹息；
隔着草地我向不远处凝望，
坡上有座教堂巍然矗立。
如此凝望实在事出有因！
我掏出了铅笔和笔记本，
描画下那一堆白色垩土，
那堆土刚刚从墓地挖出。

为何我要描画下那堆垩土？
它们挖自旁边那空空墓穴，
但很快便会将墓坑回填。
逝者刚停下他的人生脚步，
自求归于这坑中与世隔绝。
他将于翌日中午入葬其间
在这掘出的床上安息长眠。

他来了，现已安卧其中，尽管
这一切发生在转瞬之间。

而斜阳依然染一路绯红；

　　不远处坝水仍呜咽哀痛，

　　黑森森教堂耸立半空。

1　　这首诗写霍勒斯·莫尔的葬礼。莫尔是哈代的挚友，比哈代年长八岁，
哈代曾称他为"知识广博的学者和极有鉴赏力的批评家"；他于 1873 年
9 月 24 日自杀，令哈代极为悲痛。哈代诗中的"我的朋友"，几乎都是
指他。参见《炉前伫立》（488 页）注释。

捕鸟人之子

"爸爸,我害怕你的行业,
　　真的这很不正当!
用粘胶捕捉小小鸟雀,
　　将它们关着不放。

"云雀流血,又伤痕满身,
　　它们想振翅飞起,
关在笼中的每只夜莺
　　很快便衰弱死去。"

"我的孩子,可别这么蠢!
　　鸟雀就得任逮任捕;
我命中注定干这营生
　　而你只管好好读书。

"居然说出这样的废话,
　　真是个傻瓜头脑!
快复习你的功课吧,
　　然后上床去睡觉。"

没有点灯也没回话，
　　他缓缓走向卧室，
黑暗之中只听见他
　　摸索着上了楼梯，

穿过长长的过道，那里
　　悬挂着一只只鸟笼；
像弹奏竖琴，他的手指
　　将笼上的铁丝拨动。

翌日天边刚闪动晨曦，
　　便不见弗雷迪踪影，
这孩子究竟去了哪里，
　　没有人知个分明。

过了一个又一个星期，
　　仍不知他的情况；
一个月又一个月过去，
　　希望已日渐渺茫。

然而从此每个夜晚，
　　他们只将房门虚掩，
心情忧伤地久等苦盼

弗雷迪再度出现。

鸟儿仍久久锁于笼内，
　　在那儿跳个不停，
犹如巴比伦的俘虏含泪，
　　凄婉地放着悲声。[1]

有个圣诞节节期的寒夜，
　　两人躺着无法成眠；
他们的欢乐旦已枯竭，
　　每时每刻平添凄惨。

不久似乎听到楼下，
　　有人在轻轻走动；
"弗雷迪回来了！"他们一下
　　坐起，满面放光飞红。

一阵阵触摸的声音
　　响自鸟笼的铁丝，
仿佛将一把竖琴
　　轻轻柔柔地弹起；

"他还像过去一样，
　　悄悄地跨进门，

471

黑暗中摸索着往上
　　沿楼梯慢慢攀登!"

在黑暗中，父母两人
　　稍等了片刻时间，
然后迫不及待冲进
　　弗雷迪往日的房间。

可在那空空的床上
　　只见苍白的月色，
如他们所说的那样:
　　"弗雷迪已经走了!"

那个夜里在多陡礁石 [2]
　　一条帆船不幸撞翻，
一名小水手的尸体
　　被潮水冲上了海滩。

1912. 11. 21

1　典出《圣经·旧约·列王纪下》。可参阅《上帝的葬礼》（201 页）的
　　注释。
2　多陡礁石（Durdle－Door）是英国南海岸外的一处礁石。——原注

冬日之言

《冬日之言》（全名为《冬日之言：不同的情绪和音步》）是哈代最后一部诗集，共收一百〇五首。多数写于 1925 年之后，是哈代在整理写自传的资料时，有感于往事所作。

哈代很为自己在如此高龄仍能写诗而自豪，他本拟在八十八岁生日时（1928 年 6 月 2 日）出版这部诗集。在他为诗集所写序言手稿中，未写全书收诗数目，可能他对于能否将诗稿备妥尚无把握，也可能他希望在享年更高之时再行出版。

弗罗伦斯·哈代在哈代逝世后整理了书稿，此部诗集于 1928 年 10 月出版。

献给小巷旦的露易莎 [1]

让我们像当年那样相遇
　　在这空荡荡的小巷；
我不会如当年，每逢黄昏之际，
　　总是羞怯地走过这个地方。
　　——啊，我记得多清楚！
这么做，你就得重见这令人
伤心的地方，可如今你已无法再度光临！

我会迎候你白杨般的身影，
　　当你惊奇地四下张望，
发出幽灵般纤弱惶恐的声音：
　　"我怎么还留在这条小巷？
　　——啊，我记起来了！
这是因了他那灿烂的笑颜，
当年他不爱我，如今却热恋得梦绕魂牵。"

我就答道："这双眼睛多甜多亮，
　　亲爱的，请带上我一起
到你穿这身灵衣居住的地方，

那儿远远胜过这里!"
　　——可我想起来了,
这是你无法办到的事;
需等到扔掉这副躯壳,方能去追随你。

1　此诗是哈代晚年为写自传而整理日记时所写,记录了哈代少年时对邻居
　少女露易莎的爱恋。露易莎终身未嫁,其时早已去世。哈代曾到她的墓
　地去凭吊。可参阅《哈代的早期生活》第33—34页。

辗转不眠

你，启明星，此刻正在东方天际眨着眼睛，
　　这我知道，就像亲眼目睹；
你，山毛榉，根根细枝背衬蓝天那么分明，
　　要是我有纸笔，就会将你描摹。

你，草坪，因蒙罩一层露珠而泛白，
　　我见此景，仿佛身临其境；
你，教堂墓地，在紫杉阴影下渐渐暗下来，
　　四下里爬出了一个个姓名。

穿裘皮大衣的贵妇人

"我是位高贵美丽的女人,"
　穿裘皮大衣的贵妇人说道,
她朝四周稍显寒酸的女士先生
　以睥睨的目光飞快一扫,
"这件值上百英镑的大衣,
　没错,是我的,"她极力炫耀。

"真的,我并没有花钱去买它,
　是我丈夫购自皮货业主,
而他们,他们直接剥得毛皮
　从那些怯弱惊恐的小动物,
得借助精巧的好猎枪,
　要猎杀它们还得打埋伏。

"真的,我也不曾动手裁制,
　你们所见的这漂亮皮衣,
那是工人们夜半手工操劳,
　那些人我可根本不认识;
又由服装师量体裁衣,

辛辛苦苦为我定制。

"可我是位美丽的贵夫人，
　　尽管嗤笑者说我的鲜丽，
不是我自己的，而靠夺来了
　　大自然孩子的外衣，
说我只不过是根扫帚柄
　　就像支撑稷草人的那条木棍子。"

1925

诗人的思想

黑暗中它自诗人头脑里一跃而出，
有如云雀一般轻盈、灵巧、飘忽；
离了他的寓所，沿着河岸街
徘徊少许，又在大地上到处飞跃。

返回时它已伤痕累累，血肉模糊，
诗人见到自己的孩子，却认不出；
确实，自它诞生，时光的拙劣模仿
已使他无法辨认自己过去的思想。

致伦敦的一棵树

克莱门特饭店前

在此苦挨
　昼去夜来，
永远、永远没法离开！

你可悲戚
　见我们去
为健康而度假休息？

你盼有足，
　因那酷暑
烤灼你在砖石之路，

如此或可
　攀上高坡
一如祖先沐浴天色，

或得小溪
　隐于幽蔽

将你一脸灰尘清洗？

　　可叹全无。
　　只见树木
困在那儿吸食尘土……

　　全然不知
　　远离此地
无边蓝天清新空气。

　　失明，蒙埃，
　　从未表白
你高尚宽广的胸怀，

　　也无缘见
　　葱绿无边，
一享大地的宁静甘甜。

1921

关于艾格妮丝

我再也不能盼望我曾盼了多少遍——
　　盼了多少遍的事情！——
同那位美丽的女人再次共舞翩翩
　　在八月美妙的黄昏，
当时天上的一轮满月，正透过树丛
俯瞰着拉默林荫道上的排排华灯。

尽管仍有此愿望，我却再也不能
　　浪漫如当年一样，
那时，在一阵尽情狂舞之后，我们
　　会坐到幽暗的地方，
我握着她的纤手，双脚仍合着
远处房屋传来的低音提琴的旋律，踩着节拍。

再也不能。侬没问我是什么原因。
　　由此你会猜想，
世上的美人可能遭遇的事情
　　已降临她的头上。
是的。她脸色苍白，面容瘦削，始终沉默，

483

僵直地躺在我从未见也无法去的角落。

　　她会像一些毫无表情的女神，在那里安息，
　　　　仿佛是冰雕雪塑；
　　比如，像熟睡的阿佛洛狄特[1]，或是
　　　　拥衾而卧的卡吕普索[2]，
　　或躺在大海波涛上歇息的安菲特律特[3]，
　　或是悄然沉思的缪斯。究竟像谁我没法说！

1　希腊神话中爱与美的女神。
2　希腊神话中的海上仙女，曾将特洛伊战争的英雄奥德修斯截留其岛上
　　七年。
3　希腊神话中的海洋女神，海神波塞冬之妻。

献给奥罗蕾的歌

我们不会再度倾心，
　　相爱只会带来折磨；
现已控制的如火激情
　　没有白白将我们烧灼。
我会愉快地倾听，
　　远处又传来你的脚步，
仅此也能感受些欢欣，
　　当不在你处借宿。

不；以前干过的事，
　　从此再不准发生；
我不能再追逐盯视，
　　或将你搂得紧紧！
死是痛苦生是劳累，
　　孤独地活着太折磨心灵；
且走你的路罢，可爱的奥罗蕾，
　　亲吻是件烦恼的事情！

他从未奢望

哈，世界，你总算对我守信用，
　　对我守信用；
总的说来你的诺言没落空，
　　基本上说到做到。
小时候我就常常躺
在青草地里对天瞭望，
说实话我从来不奢望
　　人生会有多美好。

那时你便说，你一直这么说，
　　你多次这么说，
你将神秘的话语散播，
　　播自云层和山冈：
"许多人因爱我而痴迷，
许多人的爱温和平易，
也有些人瞧我不起
　　直至他们入土安葬。"

"我的许诺从不过分，

　　孩子，从不过分，

不过是模糊的应承。"

　　你对我们这等人讲。

为了你的信誉这话真是聪明！

亏我相信了你的提醒，

否则这每年降临的痛苦不幸，

　　叫我怎能担当？

炉前伫立

H. M. M，1873 [1]

今夜，烛泪熔成了裹尸布的模样。
（他们这样称呼它，你或许也知道）——
宣称者公然捏出了那种形状，
我也用手指挤按——如法塑造。

今夜，于我是双重黑夜，原本应当
是最光辉灿烂的中午时间，
我四周所见却是一派严冬景象，
而原本或可是明朗的六月天！

但既然尽皆丧失，头顶除了灰暗
一无所有，脚下阴影更其浓重，
那就让我，在我俩之一死去之前，
对你坦诉心情，刚才它是如此沉痛。

既然你充分考虑后，已主动同意，
任气恼滋长而不予阻遏，
为何你现在却似乎一脸惊异，

当眼前之事很清楚是必然结果？

既然你表过态，事情的结局
摆在面前，而我已到最后时刻，
我不再说什么，剩下的话暂且
留待我们地下相遇时，当面直说。

就让烛泪烙成某种模样，
其意义此前若不明，现在你该知道，
一位在场的人宣称是这形状，
而正是我右用手指挤按——如法塑造。

---

1   H. M. M 指霍勒斯·莫斯雷·莫尔。莫尔曾与某女子订有婚约，后该女
毁约导致他自杀；这首诗以莫尔的口吻写成，是他对那女子的诉说。据
露丝·弗莫尔所著的《托马斯·哈代作品民俗考》，蜡烛燃尽后残留烛
泪形似裹尸布或灵柩，是预示死亡的不祥之兆。

沉思的少女

"沉默的人儿，你为何老是
独自一人悄然离去？"
她为之一惊，略略回眸，
　　不无羞色地开了口：——

"每当风标指向他遥远的故乡，
我就登上陡峭的山岗，
遐想那抚过他面颊的微风，
　　会来轻拂我的嘴唇。

"每当他黄昏时出来散步，
我会徜徉在灰白的公路，
想到公路连着他的脚印，
　　心头便涌动万千柔情！

"每当船儿从这里驶向伦敦，
我遥望它们渐逝的远影；
想到他的窗正对着码头，
　　能见到船队驶近港口。

"入夜我举头仰望明月，
赏月曾给我们那么多欢悦；
如果他仍保持往日的雅趣，
　我们的目光会在那儿随心相遇。"

初稿写于 1866.10

一九二四年圣诞节

"愿和平永驻大地!"我们咏唱和平,
还雇上百万牧师,祈求和平降临。
可做了两千年的祈祷礼仪,
我们所得到的,却只是毒气!

1924

埃尔金展厅的圣诞节 ¹

大英博物馆：上世纪初

"那搅得彻夜不宁的喧闹声是什么？
喧哗的噪声简直传到了北极星侧！"
　　——"这展厅的巡夜人
　　说那是圣诞钟声，
这破旧展厅，弄得我们这些俘虏一身污浊。"

"这样清脆地当当敲响，又是什么意思？"
"——据说这是个欢乐的日子，
　　就人类而言，
　　这是恩惠之源
早在他们的帆船把我们掳来这儿前，便已如此。

"我们是些圣经所摒弃的神祇，
　　这事在菲狄亚斯 ² 之后几个世纪
　　他懂得怎样塑形
　　并美化装饰我们，
将我们存于雅典娜神庙里供人们观瞻赏识。"

"唉，如今我们竟被出卖了，真正遗憾，——
我们是神啊！就为了北方人³的几个钱，
　　于是被带到这间
　　阴沉可怕的屋里展览，
这儿不见阳光，没有甜美的晨曦，却不乏严寒。

"听到这些钟声，但愿我仍像
在雅典的山上时一样荣光。"
　　——"还有我，还有我！"
　　其余神像也叹着气说，
"在这位基督闻名之前，我们很受人敬仰。"

年迈的赫利俄斯⁴只能点点头，
伊利修河神也激动得颤抖，
　　还有些美丽女神雕塑
　　残缺的裸体躯干部，
她们的四肢成了碎片，还埋在雅典卫城的土丘。

还有得墨忒耳⁵，海神波塞冬，
珀尔塞福涅⁶，有着宙斯高贵血统，
　　许许多多的神
　　一齐厌恶地听
夜间喧响的钟声，将他们浑身震动。

1　这首诗初写于 1905 年，1926 年方定稿完成，发表于 1927 年圣诞节的
　　《泰晤士报》上。这是哈代在世时所发表的最后一首诗。诗中写圣诞前
　　夕一群希腊神在大英博物馆的埃尔金展品室交谈。这些雕像都是埃尔金
　　勋爵从希腊巴迪农神庙的废墟中盗窃来的。
2　公元前 5 世纪的希腊著名雕塑家。
3　指英国人。
4　希腊神话中的太阳神。
5　希腊神话中的农事和丰产女神。
6　希腊神话中的宙斯和得墨忒耳之女，后被冥王劫去娶为冥后。

他决意不再说什么

哦，我的灵魂，莫让其余为人所知！
它正像一阵呻吟的声息
　　　　当恐怖的死神
　　　　骑着白马驰近；
是的，谁也别想得到我藏的珍品！

为什么让人的心灵承受那么多
他早已不堪，极想免除的重荷？
　　　　从现在起始
　　　　直至我临终时
我不再诉说我所觉察的事。

让时光倒流，倘若它愿意
（那些夜半挥毫的巫师
　　　　在其头脑发热时
　　　　可见岁月倒转如斯）；
我所了解的，没人能得知。

如果我的视力能超越

被囚禁生灵的受蒙蔽视觉，
　　——既诚实而无所不见——
　　我将一切任其自然，
不向任何人展示我的发现。

译后记

经过近一年的艰辛努力，《哈代诗选》终于交稿了。在如释重负、略感欣慰之余，译者亦不免感到几分愧疚和遗憾。愧疚的是未能向读者提供更为完善的译本，而想到在一向喜爱的翻译之路上几乎刚刚起步，便不得不划上这么个算不得圆满的句号，心头又怎能不感遗憾。

译者数年前患青光眼，手术后仍每况愈下，视野严重受损，实已难于承担译事。出版社约译时，竟鬼使神差般接受下来。毕竟这是托马斯·哈代，这是人民文学出版社，人生能有几次这样的机会？年来病情几度反复，几乎大半时间被迫辍笔。即便工作时，也是先读记几行，闭眼酝酿后，再盲写出译稿。虽曾几次动摇，却终于坚持下来。其间的犹豫、苦恼、憾恨，实一言难尽。我知道自己在付出什么代价，心头时时充满与命运抗争的悲壮，但始终不悔。Art is long, and Time is fleeting，能将人生有限的时日，献于永恒的译艺，当是一难得机遇和无限福分。

本书原计划从《列王》中选译若干篇章，后因种种原因，未能完成。不过，《列王》这样一部在世界诗史上占有重要地位的史诗剧，如仅译介若干片段，终难反映全貌。其实，早在上世纪 30 年代，上海商务印书馆就曾出过全译本（书名为《统治者——拿破仑战争史剧》，杜衡译，1936 年 9 月出版）。可惜此译本只在翌年重印了一次，影响不大。笔者实已无力问津，只盼望新世纪里，能有青年才俊，早日重译《列王》，以飨读者。

对于哈代作品的翻译介绍，不少专家学者都曾做出贡献。其中张谷若先生的译品，至今在译界有口皆碑。诗歌翻译则有徐志摩、蓝仁哲、钱兆明、飞白、吴笛等人。此外，张中载、朱炯强、吴笛等均有评论哈代的专著问世。译者从他们的译作论著中获益不少。在翻译过程中，许多朋友都曾提供帮助，尤其是王黎云、陈才宇、孙礼中，为译者提供了重要的原著版本，柴爱生同志则相助誊抄了全部译稿。译者谨向以上各位前辈和友人表示诚挚的感谢！

2001 年 11 月于杭州商学院

这本《哈代诗选》原是人民文学出版社 2004 年推出的八卷本《哈代文集》的第八卷。文集出版后，小说包括新译的诗歌，都受到读者的广泛好评。作为哈代诗歌的译者，我当然很感欣慰。

今年五月，广州的冯俊华先生来电，希望将《哈代诗选》列入其策划的"副本译丛"单独出版。我征得人文社原责编的许可，同意了冯及四川文艺出版社的请求。我想，

500

哈代这么伟大的作家兼诗人，不断出版其作品是应该的，既适应我国文学艺术发展的需要，也定会获得读者欢迎。哈代小说的译介相对较多，多出些诗歌译本，确属必要。

拙译得以再版，我很感谢一切为之做出努力的人士。我和他们原本素不相识，哈代的不朽作品使我们心灵相通。首先是香港的著名诗人和翻译家黄灿然先生，他高度评价了笔者的译本。策划者冯俊华先生对文化出版事业热心，办事又相当严谨认真，他甚至从网上购得笔者十余年前写给楚至大教授的两封信（内容主要交流自费出版诗歌译本的情况，楚至大教授应约翻译了华兹华斯的《序曲》，结果需自印自销）。冯先生将两信复印了寄我，读后真不胜感慨。今年九月他来杭州出差，特登门探访并送给我密茨凯维奇的《先人祭》，是这部世界名著的首个全译本。出版社的周轶先生及他的同事们，也是值得尊敬的有事业心和责任感的文化人。我谨向以上各位人士表示深深的感谢。

我因视力很弱，无法对译本作任何修订。十多年前译诗时的艰难，在原后记中已简略记述。拙译必定有不少待改进之处，诚望广大读者多批评指教。哈代之诗除《列王》外，计有九百四十七首，本书只译出二百三十九首。笔者也热切希望有志者能译出更多更好的哈代诗作，将来能有更完备完美的译本问世。

刘新民

2015 年 11 月 4 日